운명은 바꿀 수 있을까?

물음표로
따라가는
인문고전
18

바리데기

운명은
바꿀 수
있을까?

글 박진형 | 그림 홍지혜

지학사아르볼

당당하게
네 운명을 개척하렴!

잠아 잠아 짙은 잠아 / 이 내 눈에 쌓인 잠아

염치 불구* 이 내 잠아 / 검치 두덕* 이 내 잠아

어제 간밤 오던 잠이 / 오늘 아침 다시 오네

잠아 잠아 무삼 잠고* / 가라 가라 멀리 가라

(중략)

석반을 거두치고* / 황혼이 대듯마듯*

낮에 못 한 남은 일을 / 밤에 할랴 마음먹고

언하당 황혼이라* / 섬섬옥수* 바삐 들어

등잔 앞에 고개 숙여 / 실 한 바람 불어 내어

더문더문 질긋 바늘* / 두엇 뜸 뜨듯마듯*

난데없는 이 내 잠이 / 소리 없이 달려드네

고등학교 문학 교과서에 실린 〈잠 노래〉라는 작품입니다. 백성들이 부르던 민요이자, 일할 때 부르던 노동요이며 집안 여인들이 불렀기에 부요(婦謠)라고도 하지요.

작품을 보니 어떤 상황인지 알 수 있습니다. 화자는 무척 졸린가 봅니다. 잠이 염치없이 다가와 눈꺼풀을 짓누르지요. 간밤에도, 아침에도 잠은 시도 때도 없이 찾아옵니다. 제발 멀리 가라고 말해도 잠이란 놈은 떠날 생각이 없나 보네요.

화자는 할 일이 많습니다. 낮에 다 못 한 건 밤에 해야 했으니까요. 저녁밥을 먹고 등잔 앞에 앉아 바느질을 시작합니다. 하지만 두어 땀 뜨니 잠이란 놈이 또다시 달려듭니다. 아, 이를 어쩌나요?

참고서에선 이 작품이 '해학적'이며, 옛 부녀자들의 '긍정적인 삶

* **염치 불구** 염치 불고가 맞는 표기임. '불고'는 돌아보지 아니함이란 뜻.
* **검치 두덕** 욕심 언덕. 잠의 욕심이 언덕처럼 쌓였다는 뜻.
* **무삼 잠고** 무슨 잠이냐?
* **석반을 거두치고** 저녁밥 다 먹고.
* **황혼이 대듯마듯** 날이 저물자.
* **언하당 황혼이라** 그런 생각 하자마자 날이 저무니.
* **섬섬옥수** 고운 여인의 손.
* **더문더문 질긋 바늘** 드문드문 바느질로.
* **두엇 뜸 뜨듯마듯** 두어 땀 뜨니.

의 태도'를 반영한다고 설명합니다. 틀린 말은 아닙니다. 잠을 의인화한 것도 흥미롭고, 잠에게 저리 가라고 명령하는 것도 재미있지요. 또 자신의 어려움을 노래를 통해 표현하는 태도는 분명 긍정적이라 할 수 있습니다.

하지만 다른 한편으로 마음이 무거웠습니다. 잠을 쫓기 위해 부른 이 노래는 잠 한번 제대로 잘 수 없던 현실을 반영하니까요. 수많은 여인이 이런 노래를 부르며 밤늦게까지 일해야 했습니다. 참고로 이 작품은 대구 지방에서 불렸으며, 이외에도 여러 지역 다양한 버전의 〈잠 노래〉가 존재한답니다.

당시에 여성의 삶은 고달팠습니다. 일 때문만은 아닙니다. 여기에는 남존여비 사상, 사회적 진출의 제한, 교육 불평등과 경제적 의존성 등 여러 복합적인 요인이 있었습니다. 자신의 목소리를 내기도 힘들었어요. 사회가 용인하지 않았으니까요. 여인들은 홀로 노래를 부르며 속으로 삭여야만 했습니다. 이는 어찌 보면 그녀들의 운명과도 같았습니다.

옛사람들은 운명을 믿었습니다. 삶의 과정은 정해져 있으며, 인간은 여기에 순응해야 한다고 생각했지요. 그랬기에 고통과 불행, 더 나아가선 불합리한 제도와 관습까지도 바꿀 수 없는 자신의 운명으로 받아들이곤 했습니다.

하지만 운명은 분명 바꿀 수 있었습니다. 이 책의 주인공이 그랬으니까요. 버려진 아이 '바리데기'와 쫓겨난 아이 '가믄장아기'는 어떻게 운명에 맞설까요? 그리고 어떻게 자신의 운명을 개척해 나갔을까요? 여러분도 지켜보길 바랍니다. 그러면서 주체성과 당당함을 배웠으면 합니다. 우리 삶을 보다 멋지고 풍요롭게 만들 수 있으니까요.

● **박진형**

Part 1 | 고전 소설 속으로

고전을 아름다운 그림과 함께 담아냈습니다. 원전에 충실하면서도 어려운 단어를 최대한 줄이고 쉽게 풀이하여, 재미난 이야기를 마주하듯 술술 읽을 수 있도록 했습니다.

Part 2 | 물음표로 따라가는 인문학 교실

고전은 오늘의 우리를 비추는 거울이며, '인문학'을 담고 있는 그릇입니다. 이 책은 고전의 재미를 더하고, 우리 고전을 인문학적인 관점에서 바라볼 수 있도록 구성되었습니다.

● **고전으로 인문학 하기**

고전 소설을 읽고 나면 머릿속에는 여러 질문들이 떠올라요. 물음표에 대한 답을 따라가 보세요. 배경지식이 쑥쑥 늘어날 거예요.

● **고전으로 토론하기**

고전의 내용에 기반한 가상 대화가 이어집니다. '고전으로 토론하기'를 통해 다르게 생각하는 힘을 길러 보세요.

● **고전과 함께 읽기**

함께 읽으면 더욱 좋은 문학, 영화, 드라마 등을 소개합니다. 비슷한 주제가 다른 작품에서는 어떻게 표현되었는지 살펴보고 생각의 폭을 넓히세요.

차례

Part 1 | 고전 소설 속으로

Part 2 | 물음표로 따라가는 인문학 교실

바리데기

올해 혼례를 올리면

공주 일곱을 보실 것입니다

옛날 옛적에 불라국이란 나라에 오구 대왕이 있었다. 대왕은 강직하고도 엄한 성품으로 나라를 잘 다스렸다. 하지만 아직 결혼을 하지 않았기에, 여러 신하들이 서둘러 왕비를 맞을 것을 아뢰었다.

"그렇다면 온 나라에 방을 붙이고 왕비가 될 여인을 추천하도록 하라."

오구 대왕은 신하들에게 명령을 내렸다. 이에 전국 곳곳에서 여러 후보들이 추천되었고, 심사숙고 끝에 아름답고 성품이 고운 길대 부인을 국모(國母)로 모시게 되었다. 이제 남은 건 혼례 날짜를 정하는 것이었다.

"혼례일로 언제가 좋을지 알고 싶구나. 어디 뛰어난 점쟁이가 있더냐?"

오구 대왕이 상궁에게 물었다.

"아뢰옵니다. 천하궁의 갈이박사, 제석궁의 소실아씨, 명도궁의 강림박사가 용하다고 합니다."

"그렇구나. 그러면 천하궁에 가서 점을 치고 혼례일을 받아 오너라."

상궁은 진주 석 되 서 홉, 금과 은 다섯 돈, 비단 석 자 세 치를 들고 천하궁으로 갔다. 갈이박사는 상 위에 흰쌀을 흩어 놓고 점을 치기 시작했다.

"첫 번째 점괘는 흐트러졌고, 두 번째 점괘는 무의미합니다. 세 번째 나온 점괘가 올바른 점괘입니다."

그러고는 계속 말했다.

"결과를 보니 아뢰기 황송합니다. 올해 혼례를 올리면 공주 일곱을 보실 것이고, 내년에 혼례를 올리면 왕자 셋을 보실 것입니다."

상궁은 돌아와 그대로 아뢰었다. 그러자 오구 대왕이 웃으며 말했다.

"허허. 점쟁이가 용하다고 한들 어찌 미래를 알겠느냐? 그리고 하루가 열흘 같은데 어찌 내년까지 기다리겠느냐?"

오구 대왕은 신하들에게 하루빨리 날짜를 잡도록 명했다. 그리고 그해 칠월 칠 일에 혼례가 예정되었다.

혼례는 성대하게 치러졌다. 대왕 내외는 서로 인사하고 술을 나눠 마셨다. 주위에 있던 신하들은 만세를 불렀다. 나라의 모든 백성들도 대왕 부부의 앞날을 축하하며 잔치를 즐겼다.

몇 달 후 길대 부인은 몸에 이상을 느꼈다. 밥에선 생쌀 냄새가 나고, 물에선 비린내가 나고, 약초에선 강한 풀 냄새가 나서 음식을 먹을 수 없었다. 입덧도 점점 심해졌다. 오구 대왕이 부인에게 물었다.

"요즘 무슨 꿈을 꾸었소?"

"예. 기이한 꿈입니다. 품 안에서 달이 솟아올랐고, 오른손에는 푸른 복숭아꽃을 꺾어 들고 있었습니다.

오구 대왕은 상궁에게 점을 치러 가도록 명했다. 천하궁의 갈이 박사가 점괘를 일러 주었다.

"중전마마의 태기가 분명합니다. 그러나 왕자가 아닌 공주를 볼 것입니다."

상궁은 이 말을 그대로 전했다. 그러자 오구 대왕은 웃어넘겼다.

"점쟁이가 용하다고 한들 아들인지 딸인지 어찌 알겠느냐?"

열 달이 되어 낳으니 공주였다. 공주가 태어났다고 아뢰자, 대왕은 웃으며 말했다.

"공주를 낳았으니 다음엔 세자를 아니 낳겠느냐? 귀하게 길러라."

공주가 태어난 지 석 달째 되는 날, 대왕은 아이에게 달이장이라는 이름과 청대 공주라는 별호*를 내렸다. 그 아이를 기를 적에 길대 부인은 또다시 태기를 느꼈다.

　　"북두칠성을 가슴에 품고, 붉은 복숭아꽃을 꺾어 손에 들고 있었습니다."

　　길대 부인은 간밤에 꾼 태몽에 대해 이야기했다. 오구 대왕은 아들에 대한 기대를 감추지 않았다. 하나 이번에도 딸이었다. 대왕은 둘째 아이 이름을 별이장이라 짓고, 홍도 공주라는 칭호를 내렸다.

* **별호** 본명 이외에 쓰는 이름.

오구 대왕은 아들이 태어나기를 간절히 기다렸다. 하지만 그 후로도 딸만 계속 태어나 셋째와 넷째도 딸, 다섯째와 여섯째도 딸이었다. 결국 대왕 내외는 공주만 여섯을 두게 되었다.

어느덧 세월이 흘렀다. 대왕 내외는 벌써 쉰 살이 되었다. 하지만 아직도 왕위를 물려줄 아들이 없었다. 오구 대왕은 뜻대로 되지 않자 하루하루를 근심스럽게 보낼 뿐이었다.

그러던 어느 날이었다. 지극정성으로 공을 들이면 가슴에 맺힌 한을 풀 수 있다는 스님의 말을 듣고 길대 부인은 큰절을 찾아 석 달 열흘 백일기도를 올리기 시작했다.

자식이 무엇인고 자식이 무엇인고 아들이 무엇인지
석 달 열흘 불공을 드리러 올라가는구나.
돈도 올라가고 시주도 올라가고 촛불도 올라가고 미역도 올라가야
석 달 열흘 불공을 마치고 그 길로 돌아와야 그날 밤에 꿈을 꾸니 하늘에
상서로운 기운이 가득하다. 천지 일월이 명랑하니 하늘에 올라 옥녀 선녀
학을 타고 하늘에서 내려온다. 계수나무 가지 손에 들고 어엿이* 오는 모
습이 구름 달 월궁항아* 달 속으로 들어온 듯 남해 관음*이 바닷속으로
들어온 듯 심신이 황홀하여 진정치 못할 적에 선녀의 고운 모양 애연히* 여
쭈오니 소녀는 다른 사람 아니옵고 서왕모*의 딸이어니 반도* 진상* 가

는 길에 때가 조금 늦었기로 황제께 죄를 청해 인간 세상으로 유배 가서 지하 땅으로 보내거늘 갈 곳을 몰랐더니 태상 노군* 후토부인* 제불* 보살 석가님이 이곳으로 지시하여 찾아왔으니 불쌍히 여기소서. 품에 와서 안기거늘 부인이 깜짝 놀라니 남가일몽*이로구나.

기도 덕분인지 길대 부인이 다시 아이를 갖게 되었다.

"이번에는 꿈이 어땠소?"

오구 대왕은 기대에 찬 목소리로 물었다. 길대 부인이 대답했다.

"이번 꿈은 너무나 희한했습니다. 아기의 오른손에는 보라매가 앉고, 왼손에는 흰매가 앉았습니다. 무릎에는 검은 거북이 앉아 있고, 어깨에는 해와 달이 돋아났습니다. 게다가 궁궐 대들보에선 청

* **어엿이** 행동이 거리낌 없이 아주 당당하고 떳떳하게.
* **월궁항아** 전설에서, 달에 있는 궁에 산다는 선녀.
* **남해 관음** 남해의 관세음보살.
* **애연히** 슬픈 듯하게.
* **서왕모** 중국 신화에 나오는 신녀(神女)의 이름.
* **반도** 신선 세계에 있다는 복숭아로. 삼천 년마다 한 번씩 열매가 열린다고 한다.
* **진상** 진귀한 물품을 임금 등에게 바침.
* **태상 노군** '노자'를 신의 자리에 올려놓아 이르는 말.
* **후토부인** 토지를 맡아 다스린다는 여신.
* **제불** 모든 부처.
* **남가일몽** 헛된 꿈 또는 인생이나 부귀영화의 덧없음을 이르는 말.

룡 황룡이 엉켜 아이를 돌보고 있었습니다."

부인의 말을 들은 대왕은 크게 기뻐했다.

"이번에야말로 세자를 낳겠구려."

오구 대왕은 즉시 점을 보고 오도록 명했다. 잠시 후 점쟁이에게 다녀온 상궁이 아뢰었다.

"이번에도 공주라고 합니다."

"흥, 아무리 용하다 한들 점을 칠 때마다 맞히겠느냐? 게다가 이번 꿈은 참으로 기이하다. 분명히 세자를 얻을 것이다."

대왕은 자신만만하게 말했다. 그러고는 사대문에 방을 붙이고, 감옥 문을 열어 죄인들을 풀어 주었다.

•

하늘도 무심하구나. 내가 전생에 무슨 죄를 지었기에

이렇게 딸만 낳는단 말이냐! 그 아이를 내다 버려라!

•

버렸다, 버렸으니
바리데기로 하라

길대 부인이 꿈을 꾼 지 열 달째 되는 날이었다. 무지개가 하늘에 펼쳐지더니, 온갖 향기가 진동했다. 부인은 배가 아프고 온몸이 결렸다.

'이제 아기가 나오려나 보다.'

시녀들은 서둘러 자리를 준비했고, 잠시 후 부인이 아기를 낳았다. 그러나 이번에도 딸이었다. 아기를 보자 부인은 그만 울음을 터뜨렸다.

우리 대왕님은 세자를 낳으면 시를 적을라고 높은 옥상에 백지를 펴 놓고

벼룻돌에다가는 먹을 갈아 놓고 오른손에는 붓을 들고

아기 울음소리만을 기다리고 앉았네

아기 울음소리가 응애 응애 응애 난다 아기 울음소리 난 지

이 분이나 넘어도 어느 누구가 알려 주지 않는구나

대왕님은 얼마나 화가 나셨는지

하인들아 하인들아 아들을 낳았느냐 딸을 낳았느냐 어서 바삐 알려 다오

세자를 낳았다면 내가 시를 적어야지 어서 바삐 알려 달라 하니

하인들은 이 하인은 요 하인을 쳐다보고

저 하인은 이 하인을 쳐다보며 알려 주지 않는구나

대왕님은 얼마나 화가 났는지

야들아 어서 바삐 알려 다오 아들을 낳았느냐 딸을 낳았느냐

아들을 낳으면 내가 시를 적어야지

호령을 서리같이 내리니 어느 명령이라고 아니 알려 드리며

어느 분부라고 아니 가르쳐 드릴까

대왕님 대왕님요 죄송하고 미안하지만은

요번에도 칠 공주 또 딸을 낳았습니다

대왕님은 시를 적을라고 붓을 들고 앉았다가

높은 옥상에서 뚝 떨어져 기절했네

하인들은 대왕님요 왜 이러십니까 정신 차리세요

이리저리 주무르고 만지니 대왕님은 눈을 번쩍 떠 하는 말이

야들아 하인들아 요번 칠 공주는 아기 울음소리 듣기도 싫고

아기 꼴도 보기 싫으니 어서 바삐 내다 버려라 하는구나

소식을 들은 오구 대왕은 길게 탄식하며 말했다.

"하늘도 무심하구나. 내가 전생에 무슨 죄를 지었기에 이렇게 딸만 낳는단 말이냐!"

그러고는 시녀들에게 명했다.

"그 아이를 내다 버려라!"

그러자 부인이 간곡하게 말렸다.

"아니 되옵니다. 어찌 혈육을 버리려 하십니까? 차라리 신하 중 자식 없는 신하에게 양녀로 주시옵소서."

그러나 오구 대왕은 단호했다.

"울음소리도 듣기 싫고, 꼴도 보기 싫다. 썩 내다 버려라."

"정 그러시다면 이름이나 지어 주소서."

"버렸다, 버렸으니 바리데기로 하라."

대왕의 명을 거역할 수는 없었다. 길대 부인은 젖병을 아기 입에 물린 후 이름과 생년월일을 적은 종이를 아기 옷고름에 넣었다.

이때야 거동 보소. 아기를 안고서 들어간다.

대궐전으로 돌아 나와

아기를 포대기에 싸 가지고 나오는구나.

일국(一國)의 공주로 걸어갈 수 있겠느냐.

부인이 대문에 돌아 나와 가마 안으로 들어가시니라.

가마를 타고서 산중을 들어간다.

내 딸이야 내 딸이야 아이구우 내 딸이야.

반짝반짝 눈 뜬 자식을 어디다가 버

릴쏘냐.

죽은 자식을 버리러 가는 것도

일천에 간장이 다 녹아지는데

반짝반짝 산 자식을 어디에 갖다가 버릴쏘냐.

어지러운 사파* 세계 의지할 곳이 없어

모든 아름다움 다 버리고 산간벽지를 찾아간다.

송죽(松竹) 바람도 쓸쓸히 불고 산새도 자로 슬피 운다.

잊어라 접동새야

너도 울고 나도 울고 심야

삼경 깊은 밤에

단둘이 울어 새워나 보자.

첩첩한 산중에 들어가야

여기다 버릴까 저기다 버릴까

버릴 곳이 전혀 없네.

* **사파** 괴로움이 많은 인간 세계.

나무에 버리자니 날짐승이 무섭고

땅에다 버리자니 기는 짐승이 무섭구나.

내 딸이야 내 공주야 마지막으로 네가 젖이나 한번 먹어라.

젖줄을 입에 여 놓고 젖을 먹이니

한 번 빨고 두 번 빨더니만 잠이 들어 자는구나.

잠들어 자는 이 자식을 차마 진정 어이 버리고 가겠노.

그때야 거동 보소.

이왕지사 버리고 가는 자식 너와 내가 죽지 않고

만날 날이 있을는지 버린 자식이라고 바리데기 이름이나 한번 써 보자.

그때야 무명지 손가락으로 피를 내어 혈서를 쓴다.

바리데기 이름을 지어 가슴속에다 두고

그제야 아기를 안고 방성통곡 울음을 울다 보니

난데없이 구름이 둥실둥실 떠오르고

번개가 치고 천둥이 치며 비가 오기 시작한다

길대 부인은 아기를 옥함*에 넣고 바다에 버리도록 궁녀에게
명했다. 함을 들고 가는 궁녀의 뒷모습을 바라보니 눈물만 하염없

---

* **옥함(玉函)** 옥으로 만든 궤짝.

이 흘렀다. 궁녀는 황천강과 유사강이 만나는 곳에 이르러 물결 속으로 함을 던졌다. 그러자 갑자기 세찬 소용돌이가 일더니 어디선가 금거북이 나와 옥함을 짊어지고 사라졌다.

옥황상제가 점지한 일곱 번째 공주를 버린 죄로 그러합니다.

서천 서역 너머에 있는 무상신의 약수를 드셔야 합니다.

부디 일곱 번째 공주를 찾으소서.

약수를 얻어다가
나를 살릴 사람이 있더냐

　이때, 석가세존*은 제자들과 지상 세계에 내려와 있었다. 석가세존은 타향산 서촌에 상서로운 기운이 가득한 것을 보고는 제자인 목련존자*에게 말했다.

　"저곳에 하늘에서 내린 사람이 있을 것이다. 어서 가서 살펴보아라."

　목련존자는 서둘러 다녀온 뒤 석가세존에게 아뢰었다.

　"아뢰옵니다. 하늘이 내린 사람이라 하셨는데 소승의 눈에는 보

＊ **석가세존** 석가모니를 높여 이르는 말.
＊ **목련존자** 지옥에 빠진 어머니를 구하기 위해 애를 썼다고 한다.

이지 않습니다."

"네 공부가 아직 멀었구나."

석가세존은 제자들과 서촌으로 향했다. 강가에 가 보니 옥함 하나가 놓여 있었다. 제자들이 함을 열자 여자아이가 들어 있었다.

"남자아이라면 제자나 삼으련만 여자아이니 어쩔 수 없구나."

석가세존은 탄식하며 주위를 살펴보았다. 그러자 저쪽에서 한 노부부가 바랑*을 둘러메고 노래를 부르며 왔다. 석가세존이 그들에게 물었다.

"그대들은 어떤 사람인가?"

"저희는 비리공덕 할아비와 비리공덕 할미입니다."

"너희는 무엇이 공덕*인 줄 아느냐?"

"예. 절을 짓는 것이 승인(僧人) 공덕, 다리를 놓는 것이 만인(萬人) 공덕, 가난한 이에게 옷 주고 밥 주는 것이 활인(活人) 공덕입니다. 그리고 젖 없는 아이를 젖 먹여 기르는 공덕이 가장 큰 공덕입니다."

"여기 하늘에서 내린 아이가 있으니 데려다가 길러라."

석가세존의 말을 듣고는 비리공덕 할미가 물었다.

* **바랑** 등에 지고 다니는 자루 모양의 큰 주머니.
* **공덕(功德)** 공로와 덕행.

"하오나 저희는 가난한 늙은이입니다. 봄과 가을에는 들에 머무르고, 겨울에는 동굴 속에 머무는데 어찌 귀한 아이를 데려다 기르겠습니까?"

"걱정할 것 없다. 이 아기를 데려다 기르면 집도 생기고 옷과 밥도 절로 생길 것이다."

말을 마친 석가세존은 온데간데없이 사라졌다. 그제야 할아비와 할미는 그가 부처님인 줄 알았다.

노부부가 옥함을 보니 겉에는 '국왕 칠 공주'라고 쓰여 있었다. 뚜껑을 열어 보니 아이가 있었는데, 입에는 왕거미가 가득하고, 귀에는 불개미가 가득하며, 허리에는 구렁이가 감겨 있었다.

노부부는 물로 아이를 깨끗이 씻겼다. 그리고 가사 장삼*을 벗어 아이에게 입혔다.

"이제 이 아이를 어디서 키운다나……."

노부부는 주위를 둘러보았다. 그러자 뒤쪽에 난데없는 초가집이 지어져 있었다. 비리공덕 노부부는 부처님께 감사하며 그곳에서 아이를 키우기로 했다.

세월이 흘러 아이는 일곱 살이 되었다. 배우지 않은 학문에도

---

* **가사 장삼** 승려가 입는 옷. 장삼은 웃옷이고, 가사는 장삼 위에 입는 옷으로 왼쪽 어깨에서 오른쪽 겨드랑이 밑으로 걸친다.

능통했으며, 세상 이치를 깨달아 모르는 것이 없었다. 하루는 아이가 물었다.

"할아버지 할머니, 제 부모님은 어디 계십니까?"

그러자 비리공덕 노부부가 말했다.

"아비는 하늘이고, 어미는 땅입니다."

"천지가 만물을 만든 건 맞지만, 어찌 인간을 자식으로 두셨단 말입니까? 솔직히 말씀해 주십시오."

할미는 옷깃을 여민 후 눈물을 흘렸다.

"다 늙은 이 몸이 장차 의지하려 했는데 어찌 부모를 찾습니까? 아비가 죽으면 전라도 왕대밭의 대나무 끝을 잘라 짚고 다니며 삼년 동안 곡한다던데, 전라도 왕대나무가 아비이고, 뒷동산 오동나무가 어미입니다."

"전라도 왕대밭은 멀어서 문안을 못 드리겠습니다. 앞으로 뒷동산 오동나무께 문안을 드리겠습니다."

이럭저럭 세월이 가고 바리데기는 열다섯 살이 되었다.

하루는 바리데기가 세수를 하려는데 물속에서 해와 달이 떨어지는 모습을 보았다. 그것은 부모의 생명이 위태롭다는 것을 알려 주는 표시였다.

정말로 그날부터 오구 대왕 내외는 병이 들었다. 신하들은 다들

걱정스런 표정을 지었다.

하루는 오구 대왕이 상궁을 불러 말했다.

"몸이 왜 이러는지 모르겠노라. 어의도 도통 이유를 알 수 없다고 하는구나. 전에 봤던 점쟁이가 용하니, 가서 점이나 한번 쳐 보아라."

상궁은 갈이박사를 찾아가 점괘를 들었다.

"동쪽에선 해가 떨어지고 서쪽에선 달이 떨어지니 대왕 내외께서 함께 승하할 것입니다. 그러니 일곱 번째 공주가 있는 곳을 서둘러 찾으소서."

상궁으로부터 점괘를 들은 대왕은 길게 탄식했다.

"강물에 던진 것을 어찌 찾는단 말이냐?"

그러고는 신하들을 불러 말했다.

"공주를 찾아오겠다는 신하가 있더냐?"

그러나 다들 어쩔 줄 몰라 했다.

"죽으라고 버린 자식을 어디 가서 찾아오겠습니까?"

대왕은 또다시 탄식했다.

"이 모든 게 다 내 잘못이로다. 이제 종묘사직*을 누구에게 전하고 조정 백관*은 누구에게 의지할 것인가? 또한 만백성은 누구

* **종묘사직** 왕실과 나라를 통틀어 이르는 말.
* **백관** 모든 벼슬아치.

에게 몸을 기댈 것인가?"

그날 밤 오구 대왕이 언뜻 잠들었는데, 뜰 가운데에 난데없이 푸른 옷을 입은 아이가 나타나 절을 했다.

"아니, 너는 누구인데 이곳에 들어왔느냐?"

대왕이 놀라서 묻자 아이가 아뢰었다.

"대왕 내외께선 한날한시에 승하하실 것입니다. 지금 저승사자들이 오고 있습니다."

"내게 왜 이런 일이 벌어지는가? 신하들에게 원망이 있더냐? 만백성에게 원한이 있더냐?"

대왕이 묻자 아이가 대답했다.

"원망도 아니고, 원한도 아닙니다. 옥황상제가 점지한 일곱 번째 공주를 버린 죄로 그러합니다."

"그러면 어찌해야 다시 살 수 있겠느냐?"

"그러려면 서천 서역 너머에 있는 무상신*의 약수(藥水)를 드셔야 합니다. 부디 일곱 번째 공주를 찾으소서."

아이는 말을 마치고 온데간데없이 사라졌다. 깜짝 놀라 깨어 보니 모든 게 꿈이었다.

* **무상신** 약수를 관리하는 신선.

다음 날 오구 대왕은 신하들을 불러 물어보았다.

"약수를 얻어다가 나를 살릴 사람이 있더냐?"

"서천 서역은 살아 있는 육신은 못 가고 죽은 혼령만 갈 수 있는 곳입니다. 아무도 해낼 신하가 없습니다."

그러자 오구 대왕 내외는 여섯 공주를 불렀다. 그리고 부모를 위해 약수를 구해 올 수 있는지 물었다.

일 공주야 이리 오너라

너 아버지 병은 서천 서역국의 약수를 잡쉬야지만

너 아버지 병이 낫는대

서천 서역국에 가서 약수 길어다가 너 아버지 살리려느냐 하니

그 딸은 어머니요 어머니요 내가 서천 서역국에 가면

우리 자식들은 어느 누가 수발을 하며 서천 서역국으로 가나이까

나는 그리고 서천 서역국이 어디에 붙었는지 몰라서 못 가나이다

그 딸도 문을 콕 닫고 나가지요

그래야 둘째 불러다 놓고

너 서천 서역국 가서 약수 길어다가 살려라 하니 하는 말이

어머니요 제가 서천 서역국 가면 우리 남편은 누가 공경을 하리오

그리고 서천 서역국이 어디에 붙었는지 몰라서도 못 가나이다

그래야 또 셋째를 불러다 놓고 야들아 셋째야

서천 서역국 가서 약수 길어다가 아버지 살려라 하니

그 딸도 어머니 어머니요 우리 시어머님이 내일 환갑인데 어찌합니까

내가 서천 서역에 가리이까 나는 시어머니 환갑에 참여를 못 하면 나는

이 시집 못 살고 떨려 옵니다

그리고 서천 서역국이 어디에 붙었는지 몰라서 못 갑니다

또 문을 콕 닫고 나가지

넷째를 불러다 하니 세상 또 내일모레

시동생 잔치라 하니 또 못 간다 하네

시동생 잔치에 참여 못 하면 그 시집은 영영 못 살고 떨려 온다 하네

또 나는 서천 서역국이 어디에 붙었는지 몰라서도 못 간다고

또 문을 닫고 나가지요

그래야 다섯째 불러다

서천 서역국 가서 약수 길어다 아버지 살리라고 하니

그 딸은 어머니 어머니요 아버지 숨 떨어지기 전에 이 많은 재산

어느 딸에게 어느 논자리 주고 어느 딸은 어느 논자리 주며

어느 사위한테 어느 밭 자리 주는지 아버지 숨 떨어지기 전에

이 많은 재산 분배나 해 놓고 돌아가시게 하오

그리고 나는 서천 서역국이 어디에 붙었는지 몰라서 못 가나이다

문을 콕 닫고 나가지요

딸을 또 여섯째 딸을 불러다 놓고

서천 서역국 가서 약수 길어다가 아버지 살리라 하니

그 딸은 하는 소리가

나는 딸 여섯에 막내로 태어나야 얼마나 설움을 받고

옷도 언니들 입던 옷만 입고 좋은 것 한번 못 입고

이러다 인제 나를 어디로 가라 하오

나는 서천 서역국이 어디에 붙었는지 몰라서 못 간다

하고 문을 콕 닫고 나가지요

그러니 어머니는 눈물을 지며 야들아 이 자손들아 너희 아버지 한 분은

자식 여섯을 알뜰히 살뜰히 잘 기르고 잘 벌어서 잘 길러서 살려 왔거늘

자식 여섯이 아버지 한 분을 못 살린다 말이더냐 으흐흐

어머니는 통곡을 하며 울음 운다

대왕 내외는 여섯 공주를 내보낸 뒤, 눈물을 흘리며 탄식했다.

"그렇다면 일곱 번째 공주를 찾는 자에게 천금을 내리겠노라."

그러자 한 늙은 신하가 나와 대왕마마께 아뢰었다.

"소신은 대대로 나라의 녹을 받았는데, 어찌 가만히 앉아만 있겠습니까? 간밤에 하늘을 보니 서쪽에 상서로운 기운이 가득하고, 낮에는 구름이 자욱합니다. 아마도 그곳에 공주가 계신 것 같습니다. 소인이 찾으러 가겠습니다."

그러자 대왕 옆에 있던 길대 부인이 탄식했다.

"한번 버린 자식을 어디 가서 찾으리오?"

"그래도 가 보겠습니다."

신하는 거듭 청했다.

"그러면 가라."

신하는 대왕에게 절을 세 번 한 뒤 길을 떠났다.

•

"소녀는 열 달 동안 부모님 배 속에 있었습니다.

그 은혜가 크니 제가 가겠습니다."

•

홀로 말을 타고

가겠습니다

신하가 대궐 문을 나와 서쪽으로 향할 때였다. 까치가 나타나 고갯짓을 하더니 길을 가르쳐 주었다. 또한 풀과 나무도 한곳으로 쏠리며 방향을 알려 주었다. 마침내 신하는 타향산 서촌에 도착했다. 마을에 들어서니 비리공덕 노부부가 나타나 물었다.

"그대는 사람인가 귀신인가? 날짐승도 오지 못하는 이곳에 어떻게 왔는가?"

"저는 오구 대왕님의 일곱째 공주를 찾기 위해 왔습니다."

그러자 바리데기가 나와 말했다.

"그걸 증명할 수 있느냐?"

"공주께서 처음 입었던 배냇저고리를 가져왔습니다. '죄가 많아 자손을 버렸구나.'라고 대왕마마께서 눈물을 흘리며 주셨습니다."

바리데기가 배냇저고리를 받아 보니 그곳에 자신의 생년월일이 쓰여 있었다. 하지만 바리데기는 고개를 저었다.

"이것만으로는 알 수 없어서 못 가겠구나. 다른 증명할 방법을 대라."

신하는 궁으로 돌아가 대왕 내외의 엄지를 베어 피를 흘리게 한 뒤, 금쟁반에 담아 왔다. 그러고는 바리데기의 엄지를 베어 피를 섞었다. 그러자 피가 합쳐지며 구름같이 피어올랐다. 그제야 바리데기가 말했다.

"틀림없는 혈육이 맞구나. 이제 가겠노라."

"구슬 가마를 대령하오리까, 비단 가마를 대령하오리까?"

"버려졌던 몸인데 무슨 가마를 타겠느냐? 걸어가겠노라."

바리데기는 자기가 살던 곳을 정리한 후 길을 떠났다. 일행은 몇 날을 걷고 또 걸었다. 저 멀리 대궐이 보였다.

"이제 도착했습니다."

신하가 먼저 들어가 대왕에게 아뢰었다.

"어서 안으로 들게 하라."

바리데기는 궁에 들어와 부모 앞에 섰다. 오구 대왕과 길대 부인은 얼굴이 어둡고 병색이 완연해 살날이 얼마 남지 않아 보였다. 대왕 내외는 바리데기를 보자 눈물을 글썽였다.

두두우 두두 두두두두 둥게 둥둥 내 딸이야.

내 딸이야 내 딸이야 두우 두두 내 딸이야.

하늘에서 뚝 떨어졌나 땅에 불끈 솟았드냐.

어디에 갔다가 예 왔느냐. 두우 두두 내 딸이야.

죽으라고 버렸디마는 십오 년 만에 병든 부모 찾아서

날 찾아올 줄도 누가 아나.

내 딸이야 내 공주야 두우 둥둥 내 딸이야.

업어 볼가 안어 볼가 둥기 둥둥 내 딸이야.

솟아오르는 반달 으는 기미나 끼여서 곱기나 하고

둥글 안에 옥녀씨들은 청대나 띠여 곱기나 하고

부뚜막에 금생미 안에 금자리 속에 금생미 같네.

두우 두두 내 딸이야.

둥글 안에 옥녀씨들은 청띠나 띠여 곱기나 하고

둥글 둥글 드리 둥둥 둥둥.

저리 가거라 뒤태도 보고 이만큼 오너라 앞태도를 보자.

두리둥둥 두두 두리둥둥 두두

두우 두두 내 딸이야.

새벽 바람에 연초롱 같고 댕기 끝에는 준주*로구나.

* **준주** 진주.

어름 궁게* 수달피 같네. 두우 두두 두리 두두 두두 두두

두우두두 내 딸이야.

얼시구나 좋네 내 딸이야. 절시구나 좋네 내 딸이야.

북해 흑룡이 여의주를 물고 고운 구름을 넘노난 듯

남산 봉학이 죽실*을 물고 오동 속으로 넘노난 듯

두리 둥둥 둥둥 두리 둥둥 둥둥 두우 두두 내 딸이야.

두다리 두다리 두두두 두우 두두 내 딸이야.

오두막집에 서기씬가

불탄 집에 화기씬가.

냄새나 나서 곱기나 하고

둥글 둥글 둥글 내 딸이야.

얼씨구 좋네 내 딸이야.

이 세상에 사람들로 아들 놓기 기다려도

살아생전에는 아들 자식이고 살아생전에는 딸자식인데

바리데기 역시 부모를 보자 눈물이 앞을 가렸다. 오구 대왕은
딸의 손을 잡으며 말했다.

* **어름 궁게** 얼음 굴에.
* **죽실** 대나무 열매의 씨. 봉황이 죽실을 먹고산다고 함. 봉학은 봉황의 사투리.

"고생이 많았다. 네가 미워 버렸겠느냐? 역정이 나서 버렸구나. 그동안 덥고 추운 곳에서 어찌 살았느냐? 배고프고 힘든 곳에서 어찌 살았느냐?"

바리데기는 울음을 그치며 대답했다.

"추위도 어렵고, 더위도 어렵고, 배고픔도 어렵더이다."

"그랬구나. 네가 부모 목숨 구하러 가겠느냐?"

"깊고 깊은 궁궐 속에서 청사 흑사 이불 덮고 진주 방석으로 귀하게 기른 여섯 형님들은 어찌 못 간답니까?"

그러자 곁에 있던 여섯 공주가 말했다.

"우리는 뒷동산 정원에 꽃구경을 가도 동서남북 방향을 찾지 못하는데, 어찌 서천 서역에 갈 수 있겠느냐?"

그러자 바리데기가 오구 대왕에게 말했다.

"소녀는 열 달 동안 부모님 배 속에 있었습니다. 그 은혜가 크니 제가 가겠습니다."

"구슬 가마를 주랴, 비단 가마를 주랴?"

"홀로 말을 타고 가겠습니다."

아부지 그 말 하지 마옵소서. 자식의 도리로서 약을 구해 부모한테 봉양하는 것은 떳떳한 일이옵고 부모가 자식한테 떳떳이 효를 받는 것은 떳떳한 일이옵고

옛날에 곽가라 하는
사람도 찬수 공경*하려고 눈비
오는 날에 죽순을 얻어다가 부모 공경한
일도 있고 옛날에 제정이는 아버님 옥에 갇혀 있는
데 제 몸을 팔아 속죄한 일도 있사온데 옛날 효자만큼
못 할망정 불효 소녀 자식을 말리지나 마옵소서. 약을 구하러
가겠나이다.

오냐 그러면 네 맘 뜻이 정 그렇다 하게 되면 내가 붙잡을 도리가 있겠
느냐마는 그렇지마는 이별 두 글자가 또다시 생겼구나.

길대 부인의 거동 보소. 야야 바리데기야 야아 바리데기야. 너를 지금
까지 이별하고서 살았거니만 우리를 살리려고 약을 구하러 약수 삼천 리
먼먼 길에 약이 어디 있다고 네가 간단 말이냐. 아이구 내 딸아 아이구 내
딸아. 이별 두 글자가 또 생기고 너와 나와 또다시 이별한단 말이냐. 내 딸

* **찬수 공경** 반찬을 만들어 부모를 모심.

이야 내 딸이야. 눈먼 자식이 효자질 한다고 이런 경사가 어디 있겠노. 여봐라 모든 풍악을 울려서 바리데기 약수 삼천 리 가는 길에 맘이라도 위로해 가지고 목욕이라도 시키고 좋은 옷을 입혀 갖은 음식을 장만해 가지고 대우를 해서 보내야 안 되겠나.

이리하여 삼천 궁녀 꽃밭 속에 갖은 풍악 속에 바리데기 앞에 가만 앉혀 놓고 살펴보니 하늘에서 내려온 무슨 선녀 같고 날아가는 기러기 같고 날아가는 두견새 같고. 얼마나 자식을 사랑하는 부모 마음은 말할 길이 전혀 없는데 내일이 되면 약을 구하러 간다는 바리데기 얼굴을 살펴보니 처량하기 짝이 없고 구슬프기 한이 없어 눈물을 머금는다.

다음 날 바리데기는 베로 짠 바지와 저고리를 입고, 갓을 쓴 뒤 무쇠 지팡이를 들었다. 언뜻 보았을 땐 남자처럼 보였다.

바리데기는 여섯 형제를 불러 당부했다.

"부모님께서 돌아가시더라도 제가 약수를 구해 올 때까지 기다리고, 장례를 치르지 마십시오."

그리고 부모님께 하직 인사를 드린 후 길을 나섰다.

•

"육로로 육천 리를 왔지만, 아직 험한 길 삼천 리가 남았는데

어찌 가려느냐?"

"가다가 죽더라도 가겠습니다."

•

부모를 살리는 길이라면

그리하겠습니다

바깥은 동서남북을 구분하지 못할 정도로 안개가 자욱했다. 바리데기가 망설이고 있는데 까치가 날아와 길을 인도해 주었다. 바리데기가 무쇠 지팡이를 한 번 짚으니 천 리를 가고, 두 번 짚으니 이천 리를, 세 번 짚으니 삼천 리를 갔다.

이제 가면 언제 오나 오늘 밤 천 리 길에 하직하고 떠나간다
머나먼 황천길* 영영 청청 떠나가네
이제 가면 언제 오나 일자병풍에 그린 닭이 홰를 치면* 오실라나

* **황천길** 사람이 죽은 뒤에 그 혼이 가서 산다고 하는 세상으로 가는 길.
* **홰를 치다** 닭이나 새 따위가 날개를 벌리고 탁탁 치다.

가마솥에 삶은 팥이 싹이 돋으면 오실라나

조그만 조약돌이 크게 왕바위 되면 오실라나

대천지 저 한 바다 육지가 되면 오실라나

가마솥에 삶은 개가 컹컹 짖으면 오실라나

전부 요러며 간단 말이오

그담에는 저승길이 멀다고 해도 대문 밖이 저승길이고

황천수가 멀다 해도 저 건너 저 산이 북망산*이로구나

불쌍하고 애달픈 바리데기 이제 가면 언제 오나

사는 길과 죽음의 길이 지척이 분배 없건만

자는 듯이 누우니 일어날 줄을 왜 모르나

바리데기는 잠시 쉬려고 바위에 앉았다. 그런데 저 멀리 소나무 아래에 석가세존과 지장보살*이 바둑을 두고 있었다. 바리데기는 가까이 가서 절을 했다. 그러자 석가세존이 물었다.

"너는 사람이냐 귀신이냐? 날짐승 길짐승도 이곳에 못 들어오는데 어찌 왔느냐?"

"저는 오구 대왕의 세자입니다. 부모님 목숨 구할 약수를 가지

* **북망산** 무덤이 많은 곳이나 사람이 죽어서 묻히는 곳을 이르는 말. 북망산천.
* **지장보살** 지옥에서 고통받는 중생들을 구원하는 보살.

러 왔다가 길을 찾지 못하고 있습니다. 부처님께서 길을 인도해 주십시오."

"오구 대왕에게 일곱 공주가 있다는 말은 들었지만, 세자가 있다는 말은 처음 듣는다. 하늘은 속여도 나는 못 속이리라. 타향산 서촌에 버려진 너를 구해 준 게 나인데 어찌 그런 말을 하느냐? 부처님 속인 죄는 팔만 사천 지옥에 가는 죄로다."

바리데기는 서둘러 절을 하며 다시 아뢰었다.

"아닙니다. 부처님을 속이려 한 것은 절대로 아닙니다."

"내 다 알고 있다. 그래도 네가 용하구나. 육로로 육천 리를 왔지만, 아직 험한 길 삼천 리가 남았는데 어찌 가려느냐?"

"가다가 죽더라도 가겠습니다."

이에 석가세존은 감동한 듯 머리를 끄덕였다.

"지성이면 감천이다. 네 정성을 보아 내가 길을 인도하리라. 라화*를 가져왔느냐?"

"바삐 오느라 가져오지 못했습니다."

그리자 석가세존은 라화를 건네며 말했다.

"큰 바다가 앞에 있을 테니 이것을 흔들어라. 그러면 바다가 육지가 될 것이다."

* **라화** 비단으로 만든 꽃.

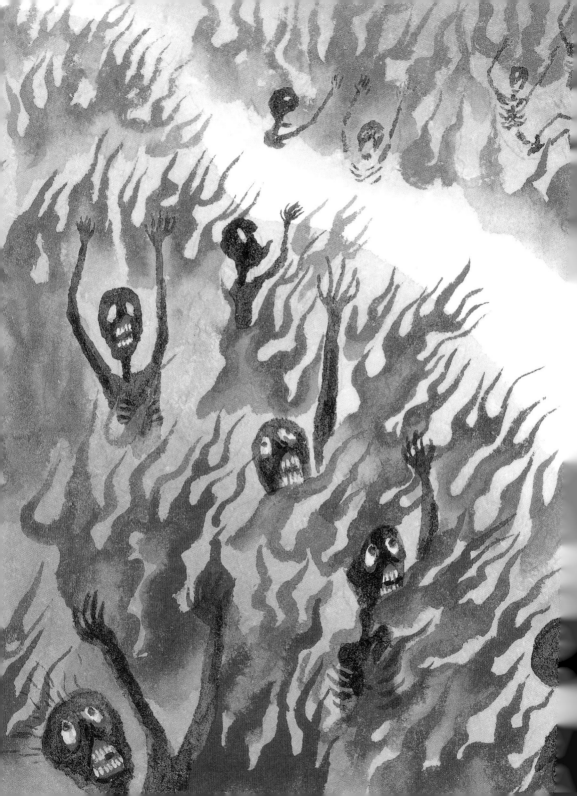

바리데기는 두 손으로 이를 받은 뒤, 하직 인사를 올렸다.

바리데기는 다시 길을 떠났다. 얼마쯤 지났을까. 주위가 어두워지더니, 갑자기 천둥 번개가 내려쳤다. 저 멀리에 철성*이 하늘에 닿을 듯이 서 있었다.

바리데기는 문을 열고 안으로 들어갔다. 그곳에는 지옥이 펼쳐져 있었다. 칼에 살을 베이는 도산(刀山) 지옥, 펄펄 끓는 무쇠솥이 걸린 화탕(火蕩) 지옥, 형틀에 매달린 사람의 혀를 길게 뽑아 맷돌에 가는 발설(拔舌) 지옥, 독사 지옥, 얼음 지옥, 구렁 지옥, 뱀 지옥, 문 지옥 등 팔만 사천 지옥이 참혹하게 펼쳐져 있었다.

여기저기서 고통스런 비명 소리가 들려왔다. 눈 없는 귀신, 팔 없는 귀신, 다리 없는 귀신, 목 없는 귀신 등 수많은 귀신들은 바리데기를 보고는 그녀에게 매달리며 자신들을 구제해 달라고 애원했다. 바리데기는 그 모습을 보자 눈물을 글썽였다. 그녀는 마음을 모으고 가여운 영혼들을 위해 정성껏 기도했다.

"저승 시왕*께로 갈 사람 시왕께로 가고 극락으로 갈 사람 극락으로 가고서……."

* **철성(鐵城)** 쇠로 된 성.
* **시왕** 저승에서 죽은 사람을 재판하는 열 명의 대왕.

기도 소리 섞인 라화가 흔들릴 때마다 영혼들이 사라지고 또 사라져 갔다.

"일월신장*님 사해용왕님 칠성*신장님 천산산신님 저들을 씻기고 인도하소서……."

바리데기가 지옥을 지나니 앞에는 커다란 바다가 펼쳐져 있었다. 새의 깃털도 가라앉는다는 이곳에는 지나가는 배도 없었다. 바리데기는 부처님의 말씀을 떠올리고 라화를 흔들었다. 그러자 무지개가 생겨 바다를 건널 수 있었다.

바다를 건너니 이번에는 큰 성문이 보였다. 동쪽에는 청(靑) 유리문이 서 있고, 서쪽에는 백(白) 유리문이 서 있고, 남쪽에는 홍(紅) 유리문이 서 있고, 북쪽에는 흑(黑) 유리문이 서 있고, 한가운데는 정려문*이 서 있으며 그 앞에 무상신이 서 있었다. 키는 하늘에 닿을 듯하고, 얼굴은 쟁반만 하고, 눈은 등잔만 하고, 코는 줄병 매달린 것 같고, 손은 솥뚜껑만 하고, 발은 석 자 세 치나 되었다.

그 모습이 너무나 무섭고 끔찍했기에 바리데기는 멀리 떨어져 세 번 절을 올렸다. 그러자 무상신이 다가와 물었다.

---

* **일월신장** 낮과 밤을 상징하며 인간에게는 행운과 수명을 내려 주는 신.
* **칠성** 비 또는 인간의 수명과 재물을 관장한다는 신.
* **정려문** 충신, 효자, 열녀 들을 표창하기 위하여 그 집 앞에 세우던 붉은 문.

"너는 사람이냐, 귀신이냐? 바람도 쉬어 넘고, 구름도 쉬어 넘고, 날짐승 길짐승도 못 들어오는 철성을 어찌 넘어왔느냐? 그리고 모든 것이 가라앉는 삼천 리 바다는 어찌 건너왔느냐?"

"저는 오구 대왕의 세자입니다. 약수를 구하여 부모님을 살리기 위해 왔습니다."

"그렇다면 그 값은 가져왔느냐?"

"바삐 오느라 못 가져왔습니다."

"그렇다면 물 삼 년 길어 다오. 불 삼 년 때 다오. 나무 삼 년 베
어 다오."

"그리하겠습니다."

세월이 흘러 어느덧 석삼년 아홉 해가 지났다. 그러자 무상신이
말했다.

"그대의 모습을 보니 앞으로는 국왕의 기상이오, 뒤로는 여인
의 몸이 되어 보이도다. 나와는 천생배필이니 백년가약을
맺고 일곱 아들을 낳아 주면 어떠한가?"

"부모를 살릴 수 있다면 그리하
겠습니다."

바리데기와 무상신은 하늘과 땅
을 장막으로 삼고, 등나무를 베개로
삼고, 잔디를 이불로 삼고, 구름을
차일*로 삼고, 샛별을 촛불 삼아 혼
인을 했다.

* **차일** 햇볕을 가리기 위해 치는 포장.

그달부터야 태기가 들어서야

한 달 두 달에 입맛 굳힌다.

석 달에 피를 모아 다섯 달에 태 들더라.

다섯 달에야 반짐 걸어* 일곱 달에야 실성 트라.*

아홉 달로 해운을 받아서 열 달을 고이 채워

이때여 혼미한 중에 탄생하니 금동자 아들 아기를 두었구나.

　　바리데기는 무상신에게 일곱 아들을 낳아 주었다. 그러고는
말했다.
　　"부부의 정(情)도 중하지만 부모를 섬기는 것이 점점 늦어
갑니다. 지난밤에 꿈을 꾸니 은바리*가 깨지고, 은수저가
부러져 보입니다. 부모님께서 한날한시에 승하하신 게
분명합니다. 바삐 가야겠습니다."

* **반짐 걸어** 태아의 몸이 반쯤 만들어진 모양을 나타내는 말.
* **실성 트라** '칠성 틀어'에 해당하는 경상도 사투리. 칠성이 자리를 잡아.
* **은바리** 은 밥그릇

"앞바다의 물 구경이나 하고 가오."

"물 구경할 겨를이 없습니다."

"뒷동산 꽃구경이나 하고 가오."

"꽃구경할 겨를이 없습니다."

"그러면 가시오. 그대가 길어다 쓰던 물이 약수이니 가져가고, 베던 풀은 개안초*이니 가져가오. 뒷동산의 꽃은 숨살이, 뼈살이, 살살이 꽃이니 가져가오. 개안초는 눈에 넣고 숨살이, 뼈살이, 살살이의 삼색 꽃은 몸에 품고 약수는 입에 넣으시오."

바리데기는 모든 짐을 짊어지고 하직 인사를 했다. 그러자 무상신이 말했다.

"전에는 혼자 살아왔지만, 이제는 일곱 아들을 거느린 홀아비가 되었으니 어찌 살겠소? 일곱 아이를 데리고 가시오."

"부모를 살리는 길이라면 그리하겠습니다."

바리데기는 큰아이는 걷게 하고, 어린아이는 등과 어깨에 업었다. 그러자 무상신이 다시 말했다.

"그전에는 혼자 살았지만 이제는 혼자 살 수가 없소. 나도 공주 따라가리다."

"여필종부(女必從夫)라 하였으니, 부모를 살리는 길이라면 그리

---

* **개안초** 눈을 뜨게 만드는 약초.

하겠습니다."

그리하여 무상신도 바리데기를 따라갔다. 궁궐을 떠날 땐 한 몸
이더니 돌아올 땐 아홉 몸이었다.

•

"소녀, 부모님 품 안에서 잘 입고 잘 먹으며 살지 못하고

버려졌으니, 버려진 존재들의 한을 어루만지며 살고 싶습니다."

•

억울한 혼령들 쓰다듬고 이끄는

무당이 되겠나이다

바리데기가 갈치산 불치 고개를 넘을 때였다. 저 너머로 피바다
가 보이고, 그 위로 배들이 둥둥 떠 있었다.

"저 배는 무척이나 화려합니다. 염불 소리가 들리고, 연꽃이 붙
어 있고, 거북이와 청룡 황룡이 앞에서 끄는데 무슨 배입니까?"

그러자 무상신이 말했다.

"저 배는 공(功)을 쌓은 혼령들이 탄 배라오. 전생에 다리를 놓
고, 행인을 돕고, 절을 짓고, 옷과 밥을 시주했기에 부처님 계신 극
락세계로 가는 배라오."

그러자 바리데기는 뒤에 오는 또 다른 배를 가리켰다.

"그렇다면 저 배는 무슨 배입니까? 웃음이 가득하고 고운 향기

　은은하며, 다들 풍류를 즐기는 것 같습니다."

　"저 배는 덕(德)을 쌓은 혼령들이 탄 배라오. 전생에 나라에 충성하고, 부모에게 효도하며, 형제간에 우애 있고, 가족과 화목하게 지내며, 동네 사람들에게 베풀고, 가난한 사람을 구제하여 착한 마음으로 평생을 살다가 죽은 뒤에 자손들로부터 지노귀굿, 새남굿, 시왕제, 사십구재, 백일재* 받아 극락왕생하러 가는 배라오."

　"그렇다면 저 뒤쪽에 오는 배는 무슨 배입니까? 활을 든 사람,

* 지노귀굿, 새남굿, 시왕제, 사십구재, 백일재는 죽은 영혼을 위로하고 극락세계로 가도록 기원하는 굿을 말함.

창을 든 사람, 옷이 벗겨지고 머리를 풀어 헤쳐 밧줄에 묶인 사람들이 울음을 내지르는 배 말입니다."

"저 배는 악(惡)을 저지른 혼령들이 탄 배라오. 전생에 역적질을 하고, 부모에게 불효하고, 형제간에 다투고, 남을 험담하고 이간질해 싸움을 붙이거나 사람을 죽이고, 욕심이 많아 되로 주고 말로 받고, 짐승을 많이 죽였기에 지옥으로 가는 배라오."

또 한 배가 보이는데 그 배는 불빛도 없고 임자도 없이 조용히 흘러가고 있었다.

"저 배는 어떤 배입니까?"

"저 배는 한(恨)이 가득한 혼령들이 탄 배라오. 자식 없는 망자(亡者)들과 아이를 낳다 죽은 여인, 지노귀굿, 새남굿, 시왕제, 사십구재, 백일재도 못 받고 길 잃고 갈 곳 몰라 방황하는 배라오."

이야기를 들은 바리데기는 크게 슬퍼하며 그들을 위해 염불하고 극락왕생토록 빌어 주었다.

바리데기와 일행은 유사강을 지나 불라국에 도착했다. 그런데 넓은 들판에 많은 사람들이 모여 있었다. 소여*, 대여*가 나오고, 상복 입은 사람들이 앞에 서 있었다. 바리데기는 초동*에게 무슨 일이냐고 물었다.

"대가를 받아야 말하겠소."

초동의 말에 바리데기는 아기를 업을 때 썼던 명도수건을 풀어 주었다. 그제야 초동은 어찌 된 일인지 알려 주었다.

"오구 대왕 내외께서 한날한시에 승하하셨다오. 그래서 북망산으로 가시는 길이라오."

그제야 바리데기가 명정*을 보니 임금 왕(王) 자가 뚜렷했다.

행상 소리가 또 이렇게 처량하게 떠나온다.
널 널 너하오 너가리 넘차 너가리 넘차 너하오
간다 간다 떠나가네. 오구 대왕님 떠나가네.
너가리 넘차 너가리 넘차 너가리 넘차 너하오.
너가리 넘차 구슬프네. 너가리 넘차도 구슬프네.
이 세상에 나왔을 적에 빈 몸 빈손으로 나왔다가
오구 대왕님 거동 보소. 삼대독자 외동아들로
용상에 좌정*하야 십육 세에 치국*을 하고

* **소여** 국가에서 장례를 치를 때 쓰던 작은 상여.
* **대여** 국가에서 장례를 치를 때 쓰던 큰 상여.
* **초동** 땔나무하는 아이.
* **명정** 붉은 비단에 흰 글씨로 죽은 사람의 본관, 관직, 성명 등을 쓴 깃발.
* **좌정** 자리 잡아 앉음.
* **치국** 나라를 다스림.

이십에야 장가를 가서 삼십에 딸아기 여섯으로

한 댓줄에 놓아 가지고 옥쇄를 거머쥐고

삼천 궁녀를 거느리고 만조백관*을 모시고서

용상에 좌정하여 이 모양대로 했건마는

자식은 이 모양대로 못 해 가지고 북망산천을 떠나갈 때

안땀 매끼 일곱 매끼 겉땀 매끼 일곱 매끼

이칠은 십사 열네 매끼를 꽁꽁 묶어 가지고

서방상계 대틀 위에 덩그렇게 얹어 가지고

스물네 명 상두꾼아 서른네 명 생미꾼아

발맞추어 어서 가자.

널널 노호오 너가리 넘차 너하오

깜짝 놀란 바리데기는 무상신과 일곱 아들을 수풀 속에 숨게 했다. 그러고는 머리를 풀어 헤치고 상여 앞으로 나가 외쳤다.

"여봐라, 시녀 상궁들아! 명정을 치우고 상을 멈춰라."

바리데기가 나타나자 모든 신하가 깜짝 놀랐다. 바리데기는 관 뚜껑을 열고 겉매*를 풀어 헤쳤다. 그러고는 서천 서역에서 가져

---

* **만조백관** 조정의 모든 벼슬아치.
* **겉매** 시체를 묶은 매듭.

온 약수를 입에 넣고, 개안초를 눈에 넣고, 뼈살이 꽃, 숨살이 꽃,
살살이 꽃을 가슴에 넣었다.

천지신명님네 일월성관님에 북천상계

또 칠원 성주님 불초 자식은 이제 왔습니다

전날까지 지은 죄악 다 사죄하여 주시고 아버지를 살려 주시오

약덕 주고 진덕 주고 죽은 아버지 살려 주시오 비나이다

빌어 놓고 아버지 칠성판에 누운 아버지 뼈살이 꽃으로

이리 슬슬 저리 슬슬 문지르니 뼈가 우두득 뿌드득 다 붙는구나

그래야 심줄 꽃으로 이리 저리 문지르니 심줄이 빨긋빨긋 돋아나고

피살이 살살이 꽃으로 이리저리 휘두르니 살이 토담토담 찐다

피살이 꽃으로 이리저리 문지르니 피가 빨긋빨긋 혈액이 된다

약병에 거북이 입에서 오 분에 한 방울씩 약물 받아 온 것을

뚜껑을 따고 아 입을 벌리고 한 방울 두 방울 세 방울 떨구니

아버지 숨 터지는 소리 아버지는 기지개를 부득부득 쓰더니

대천지 저 한 바다 폭탄 소리같이 꽈꽝꽝광 들린다

아버지는 기지개를 부득부득 쓰더니 눈을 번쩍 뜨며

아이구 오늘이 무슨 날이나 경사가 났다

왜 만조백관이 이렇게 다 모였나 무슨 일이 있나

잠시 후 오구 대왕 내외가 긴 숨을 내쉬고 기지개를 켜며 일어났다.

"이게 꿈이냐 현실이냐? 시녀 상궁들이 무슨 일로 다 모였느냐? 앞바다 구경하고 왔느냐? 뒷동산 꽃구경 갔다 왔느냐?"

그러자 신하들이 아뢰었다.

"물 구경도 아니고, 꽃구경도 아니옵니다. 대왕 내외께서 한날 한시에 승하하셨는데 일곱째 공주가 약수를 구해 와 다시 살아나신 것입니다."

오구 대왕 내외는 그동안의 사연을 듣고 눈물을 흘리며 바리데기를 꼭 껴안았다.

내 딸이야 내 딸이야 둥두두 내 딸이야.

얼씨구나 두두 내 딸이야 두두두 내 딸이야.

하늘에서 뚝 떨어졌나 땅에서 불끈 솟았더냐.

죽으라고 버렸더니만 부모님 찾아와서

약수 삼천 리 먼먼 길에야 약물 길어서 왔단 말이 웬 말인고.

이리하여 궁궐을 나올 땐 눈물이 가득했지만, 지금은 환호성이 가득했다. 시녀 상궁을 비롯한 모든 신하들이 오구 대왕 내외를 모시고 궁궐로 돌아오니, 나라 안에 기쁨이 넘쳤고 온 백성은 만세를 불렀다.

오구 대왕은 자리에 앉아 바리데기에게 물었다.

"네가 나를 살렸구나. 네 소원이 무엇이냐? 나라의 반을 주랴, 사대문 안에 들어오는 재산의 반을 주랴?"

"나라도 재산도 싫습니다. 소녀, 부모님 품 안에서 잘 입고 잘 먹으며 살지 못하고 버려졌으니, 버려진 존재들의 한을 어루만지며 살고 싶습니다. 버려진 것들의 서러움 보살피고 이승 떠날 때 차마 억울해 발 못 떼는 억울한 혼령들 쓰다듬고 이끄는 무당이 되겠나이다."

"그리하라."

"아뢸 게 있습니다. 그동안 저는 죄를 지어 왔습니다."

"무슨 죄를 지었느냐?"

"부모를 위해 약수 구하러 갔다가 무상신을 만나 일곱 아들을 낳아 왔습니다."

"그 죄는 너의 죄가 아니다. 내 죄다."

오구 대왕은 무상신을 어서 들이라고 했다. 잠시 후 신하가 돌아와 아뢰었다.

"광화문에 사모*가 걸려 못 들어오고 있습니다."

"그렇다면 도끼로 문을 부수고 들어오게 하라."

잠시 후 무상신이 궁궐 안으로 들어왔다. 그 모습을 본 대왕은 깜짝 놀랐다.

"몸 생김새가 저만하구나! 게다가 일곱 아들까지 있다니 먹고살게 하여 주마."

그러자 바리데기가 말했다.

"비리공덕 할아비와 할미도 먹고 입게 도와주소서."

오구 대왕은 고개를 끄덕이며 모두에게 골고루 은덕을 베풀어 주었다.

그 이후로 무상신과 일곱 아들, 비리공덕 노부부는 사람들의 섬김을 받게 되었다. 무상신은 산신제와 평토제* 제사를 받게 되었

---

* **사모** 벼슬아치의 모자.
* **평토제** 무덤 속에 관을 넣은 뒤에 흙을 쳐서 평평하게 메우고서 지내는 제사.

고, 비리공덕 노부부는 지노귀 새남굿을 할 때 노제*와 길제*를 받게 되었다. 바리데기의 일곱 아들은 저승의 십대왕이 되었다. 그리고 바리데기는 언월도*와 삼지창, 방울과 부채를 손에 든 무당이 되어 죽은 영혼을 저승으로 인도하도록 마련되었다.

---

* **노제** 발인할 때에, 문 앞에서 지내는 제사. 발인은 장례를 지내러 가기 위하여 상여 따위가 집에서 떠남을 말함.

* **길제** 신주를 사당에 모시기 위하여 지내는 제사. 신주는 죽은 사람의 이름을 적고 사당이나 절에 두는, 나무로 만든 패임.

* **언월도** 초승달 모양으로 생긴 큰 칼.

가믄장아기

내 배꼽 아래
선그뭇 덕_{으로 먹고삽니다}

옛날 옛적에 두 거지가 살았다. '강이영성이서불이'라는 남자 거지는 윗마을에 살았고, '홍은소천궁에궁전궁납'이라는 여자 거지는 아랫마을에 살았다.

흉년이 계속되던 어느 날이었다. 먹을 것을 구할 수 없던 두 거지는 저마다 길을 떠났다. 윗마을 남자 거지는 아랫마을에 풍년이 들었다는 소문을 듣고 아랫마을로 향했다. 한편 아랫마을 여자 거지는 윗마을에 풍년이 들었다는 소문을 듣고는 윗마을로 향했다.

사람은 누구나 인연이 있는 법이었다. 길가에서 만난 두 거지는 부부가 되었다. 이들은 힘을 합쳐 품팔이에 나섰다. 여전히 가난

했지만 그럭저럭 먹고살
수는 있었다.

그러다 딸아이가 태어
났다. 가난한 데다 일가친
척도 없던 부부는 아이 키
울 걱정에 한숨을 내쉬었
다. 다행히 마을 사람들이 나
서서 도와주었다. 정성을 들여 죽
을 쑤어다 먹이고, 밥을 해다 먹여서 아
이를 키웠다. 그리고 은그릇으로 밥을 먹여 키웠다 해서 첫째 딸을
'은장아기'라 불렀다.

두 해가 지나고 부부는 또
다시 딸을 낳았다. 이번에
도 마을 사람들이 도와
주었다. 첫아이만큼 정
성을 들이진 않았지만,
놋그릇에 밥을 해다 먹
이며 키워 주었다. 그
래서 둘째 딸은 '놋장
아기'라 불렀다.

두 해를 넘기고 또다시 딸이 태어났다. 역시 마을 사람들이 도와주었지만 이번에는 검은 나무바가지에 밥을 해다 먹여 주었다. 그래서 셋째 딸은 '가믄장아기*'라 부르게 되었다.

가믄장아기가 태어나니 이상하게 집안에 운이 트였다. 부부가 하는 일마다 잘되어 날마다 돈을 모았다. 밭을 사고 마소를 사고 고래 등 같은 기와집을 짓게 되었다. 가믄장아기를 낳은 뒤 큰 부자가 된 것이다.

* **가믄장아기** '감은장아기'라고도 한다.

　부부는 거지 생활을 하며 고생했던 과거를 잊고 점점 오만해져 갔다. 그렇게 세월이 흐르고 가믄장아기는 어느새 열다섯 살이 되었다.

　가랑비가 촉촉이 내리던 어느 날, 심심해진 아버지는 딸들을 불러 물었다.

　"은장아기야, 너는 누구 덕에 호강하며 사느냐?"

"아버님, 어머님 덕입니다."

"아이고, 우리 큰딸이 기특하구나. 그럼 놋장아기야, 넌 누구 덕에 호강하며 사느냐?"

"부모님 덕입니다."

"그래, 우리 둘째 딸도 기특하구나. 자, 이번엔 우리 가믄장아기는 누구 덕에 호강하며 살고 있느냐?"

"하늘님 땅님 아버지 어머니 덕도 있지만, 내 배꼽 아래 선그뭇* 덕으로 먹고삽니다."

기대와는 전혀 다른 대답이었다. 아버지는 화가 벌컥 났다.

"이런 불효막심한 년을 보았나? 당장 이 집에서 나가라!"

벼락같은 호통에 가믄장아기는 얼마간의 양식을 검은 암소에 실어 집을 나섰다.

"어머니 아버지, 잘 계십시오."

막내딸이 괘씸하긴 했지만 막상 작별 인사를 하며 떠나려 하자 부부는 섭섭한 마음이 들었다. 어머니는 안쓰러운 마음에 맏딸에게 말했다.

"동생한테 식은 밥에 물이라도 말아 먹고 가라고 해라."

은장아기는 그 말을 듣고 시기심이 치밀어 올랐다. 가믄장아기

---

* **선그뭇** 배꼽부터 생식기까지 내리그어진 선.

를 다시 불러들이면 부모의 사랑을 뺏기고, 장차 재산을 나누는 데도 좋을 게 없을 터였다. 그래서 은장아기는 노둣돌*에 올라 큰 소리로 외쳤다.

"가믄장아기야, 빨리 가거라! 아버지 어머니가 널 때리러 나오신다."

언니의 속셈을 눈치챈 가믄장아기는 중얼거렸다.

"푸른 지네로 환생해 버려라."

노둣돌 아래로 내려선 은장아기는 푸른 지네로 변해 돌 사이로 들어가 버렸다. 은장아기도 가믄장아기도 들어오지 않자, 부부는 둘째 딸에게 동생을 불러오라고 했다. 놋장아기 역시 시기심 때문에 두엄* 위에 올라서서 가믄장아기에게 소리 질렀다.

"가믄장아기야, 어머니 아버지가 때리러 오시니 빨리 가 버려라!"

놋장아기의 고약한 마음씨를 아는 가믄장아기는 괘씸해하며 중얼거렸다.

"버섯으로 환생해 버려라."

놋장아기가 두엄 아래로 내려서자 말똥버섯으로 변해 두엄에

---

* **노둣돌** 대문 앞에 놓은 큰 돌.
* **두엄** 풀, 짚 또는 가축의 배설물 따위를 썩힌 거름.

뿌리를 박고 멈춰 버렸다.

한편 방에서 기다리던 부부는 놋장아기마저 소식이 없자 불길한 예감이 들었다. 부부는 문을 열고 급히 나오다가 문틀에 눈이 부딪혀 맹인이 되고 말았다. 그래서 그날부터 가만히 앉아, 입고 먹고 쓸 수밖에 없는 신세가 되고 말았다. 이렇게 날마다 재산만 축내다 보니 부부는 다시 거지가 되고 말았다.

한-푼-줍-쇼 ——

•

첫째와 둘째는 대가리와 꼬리를 뚝뚝 꺾어 부모에게 주고,

살이 많은 몸통은 자신들이 우걱우걱 먹었다.

반면 셋째는 양쪽 끝을 꺾어 두고 살이 많은 몸통을 부모에게 드렸다.

•

쓸 만한 사람은

막내밖에 없구나

집을 나선 가믄장아기는 정처 없이 길을 떠났다. 이 고개를 넘
고 저 고개를 넘어도 허허벌판만 계속되었다. 어느새 해는 서산으
로 뉘엿뉘엿 저물어 갔다.

'밤을 보내려면 머물 곳이 있어야 할 텐데……'

걸음을 재촉하다 보니 저 멀리에 허름한 초가가 하나 보였다.
그곳으로 서둘러 가니 머리가 허연 할머니와 할아버지가 있었다.
가믄장아기는 소를 매어 놓고 말했다.

"지나가는 행인인데, 하룻밤만 머물고 가게 해 주세요."

그러자 노부부는 난처한 표정을 지었다.

"우리 집에는 아들이 셋이나 있어서 아가씨 잘 방이 없으니 어찌할까?"

가믄장아기는 부엌에서라도 자게 해 달라고 사정해 겨우 허락을 받았다. 부엌에 들어가 앉으니, 잠시 후 바깥에서 와당탕 요란한 소리가 났다. 일을 마치고 들어온 큰아들이었다. 알고 보니 아들 삼 형제는 마를 캐다 파는 마퉁이었다.

큰아들은 부엌 쪽을 힐끗 보더니 고래고래 악을 썼다.

"어머니 아버지는 큰아들이 마를 캐서 배부르게 먹여 주니 지나가는 떠돌이나 데려다가 노는구나!"

조금 있다가 둘째 아들도 와당탕 요란하게 들어오더니 이곳저곳을 둘러보고는 욕을 해 댔다. 조금 더 있으니 셋째 아들이 들어왔는데, 형들과는 다른 소리를 했다.

"와, 우리 집에 손님이 왔구나! 하늘이 도우시려나 보네."

가믄장아기는 부엌 구석에 앉아 삼 형제의 행동을 몰래 살폈다. 삼 형제는 저마다 가져온 마를 삶아 저녁으로 먹었다.

"어머니 아버지는 지금까지 오래 살면서 많이 먹었으니 이거나 먹어요."

첫째와 둘째는 대가리와 꼬리를 뚝뚝 꺾어 부모에게 주고, 살이 많은 몸통은 자신들이 우걱우걱 먹었다. 반면 셋째는 양쪽 끝을 꺾어 두고 살이 많은 몸통을 부모에게 드리며 말했다.

"어머니 아버지, 우리를 낳아서 키우려니 얼마나 힘드셨습니까? 앞으로 살면 몇 해나 사실 겁니까?"

이 모습을 지켜본 가믄장아기는 셋 중에 쓸 만한 사람이 막내밖에 없다고 생각했다.

그녀는 솥을 빌려 가져온 쌀로 밥을 지었다. 기름이 번지르르한 흰쌀밥을 떠서 한 상 차려 가져가니, 조상 대에도 안 먹던 것이라며 할머니 할아버지는 먹지 않았다. 큰아들과 둘째 아들은 벌레처럼 생긴 것을 어찌 먹느냐며 막 화를 냈다. 셋째 아들만 쌀밥을 얼른 받아 맛있게 먹었다.

밤이 되자 가믄장아기는 혼자 자는 게 허전하고 무서웠다. 그래서 할머니 할아버지에게 말했다.

"나하고 발 맞추어 누울 아들이나 하나 보내 주십시오."

첫째도 둘째도 싫다고 했지만, 셋째는 기뻐하며 가믄장아기에게로 갔다. 꽃을 본 나비처럼, 가믄장아기와 셋째 아들은 그날 밤으로 부부가 됐다.

다음 날 가믄장아기는 마 캐던 곳에 구경 가자며 남편의 손을 잡고 들판으로 나갔다. 첫째가 마를 캐던 구덩이에 가 보니 똥이 가득했다. 둘째가 캐던 구덩이에는 지네와 뱀이 우글거렸다. 마지막으로 셋째가 캐던 구덩이에 가 보았다. 자갈이라고 던져 쌓아 놓은 것들을 주워서 닦아 보니 금빛 은빛이 번쩍거렸다. 가믄장아기

와 셋째 아들은 금덩이, 은덩이를 검은 암소에 실어다 팔아 논밭을
사고 마소를 늘려 큰 부자가 되었다.

•

인간 세상 장사하는 것도 전상이요, 목수 일도 전상이요, 농사지음도 전상이요,

술 먹음도 전상이요, 담배 먹음도 전상이요, 노름함도 전상이요,

밥 먹음도 전상이요, 인간살이 모든 일이 전상입니다.

•

인간살이 모든 일이
전상입니다

　기와집을 짓고 여러 하인을 거느리며 살게 되니, 가믄장아기는 부모 생각이 간절해졌다. 그녀는 자기가 집을 나온 뒤로 부모가 맹인 거지가 되어 얻어먹고 다닌다는 것을 알고 있었다. 가믄장아기는 남편에게 사실을 털어놓고 부모를 찾아봐야겠다고 말했다. 백일 동안 거지 잔치를 열면 부모도 틀림없이 찾아올 것으로 생각해 잔치를 시작했다.

　소문이 꼬리를 물고 퍼져 나갔다. 전국의 수많은 거지가 가믄장아기의 집으로 모여들었다. 가믄장아기는 거지들을 대접하면서 자기 부모가 오는지 꼼꼼히 살폈다. 하지만 한 달이 지나고 두 달이 흘러도 부모는 보이지 않았다.

백 일째 되는 날 저녁 무렵이었다. 저 멀리 막대기 하나를 같이 짚고 더듬더듬 들어오는 맹인 거지 부부가 가믄장아기 눈에 들어왔다. 부모가 틀림없었다.

가믄장아기는 가슴이 덜컥 내려앉았지만 곧 차분한 표정을 짓고 하인을 불러 조용히 일렀다.

"저 맹인 거지 부부가 위쪽에 앉거든 아래쪽부터 밥을 주다가 쫓아내고, 아래쪽에 앉거든 위쪽부터 밥을 주다가 쫓아내고, 가운데에 앉거든 양쪽 끝에서부터 주다가 쫓아내라."

맹인 거지 부부는 빨리 얻어먹으려고 위쪽으로 자리를 잡았다. 하지만 그릇 소리는 달그락달그락 나는데도 자신들 차례가 오지 않았다. 그래서 아래쪽으로 자리를 옮겨 보고, 가운데로 자리를 옮겨 봤지만 마찬가지였다. 어느새 날이 저물고 잔치는 끝나 가는 분위기였다.

"아이고, 잔치에서도 복이 있어야 얻어먹는 모양이로구나. 그만 갑시다."

맹인 거지 부부는 탄식하며 밖으로 나가려 했다. 그제야 가믄장아기는 하인을 시켜 부부를 사랑방에 모시게 했다. 그리고 상다리가 부러지도록 푸짐하게 음식을 차리고 귀한 약주로 대접을 했다. 부부는 영문을 알 도리가 없었지만 고픈 배를 채우기 위해 허겁지

겁 먹어 댔다.

잠시 후 가믄장아기가 말을 걸었다.

"지금까지 듣고 보았던 옛날 말이나 좀 해 보시지요."

"그런 거 없습니다."

"그럼 지금까지 살아왔던 얘기나 해 보시지요."

그러자 부부는 옛이야기를 하듯 지금까지 살아온 내역을 풀어 놓았다. 거지로 얻어먹고 다니다가 부부 인연을 맺은 젊은 시절, 은장아기 놋장아기 가믄장아기를 낳고 큰 부자가 되어 호강하던 시절, 셋째 딸을 내쫓고 다시 거지가 되어 얻어먹고 다니며 헤매던 신세…….

눈물 흘리며 듣던 가믄장아기는 약주를 잔이 넘치게 따라 부부 손에 쥐어 주며 말했다.

"이 술 한잔 드세요. 천년주 만년주입니다. 어머니 아버지, 제가 가믄장아기입니다."

"뭐, 뭐라고? 이게 무슨 소리냐!"

깜짝 놀란 부부가 술잔을 떨어뜨렸다. 그리고 그때, 눈을 번쩍 뜨게 되었다. 다들 기뻐하며 서로를 얼싸안고 눈물을 흘렸다. 가믄장아기가 말했다.

"은장아기, 놋장아기 두 형님은 마음이 나빠서 죄를 받아, 큰형님은 지네로 환생하고 둘째 형님은 말똥버섯으로 환생하였습니다.

저는 전상* 차지로 인간에 나왔으니, 부모님이 부자로 살게 된 것
도 제가 있기 때문이었습니다."

"전상 차지는 어떤 것이냐?"

부모가 물었다. 그러자 가믄장아기는 대답했다.

"전상은 다름이 아니오라, 인간 세상 장사하는 것도 전상이요,
목수 일도 전상이요, 농사지음도 전상이요, 술 먹음도 전상이요,
담배 먹음도 전상이요, 노름함도 전상이요, 밥 먹음도 전상이요,
인간살이 모든 일이 전상입니다."

부모는 이에 큰 깨달음을 얻고 가믄장아기 내외와
함께 오래오래 살았다.

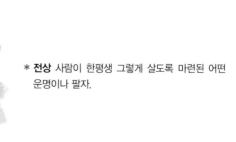

* **전상** 사람이 한평생 그렇게 살도록 마련된 어떤
운명이나 팔자.

바리데기

물음표로
따라가는
인문학 교실

고전으로 인문학 하기

고전을 읽으며 생겨나는 여러 질문에 답하며,
배경지식을 얻고 인문학적 감수성을 키워요.

고전으로 토론하기

고전을 다양한 시각으로 바라보며,
다르게 생각하는 힘을 길러요.

고전과 함께 읽기

함께 소개하는 다양한 작품을 통해,
인문학적 사고의 폭을 넓혀요.

고전으로 인문학 하기

● 이 모든 게 운명이라고?

늙은 뒤에 서러운 사연 말하자니 목이 메는구나. 부모님께서 고생하셔서 이 내 몸 길러 낼 때, 높은 벼슬아치의 배필을 바라지 못할지라도 군자의 좋은 짝이 되기를 바랐더니, 전생(前生)에 지은 원망스런 업보요, 월하노인의 인연으로 장안의 호탕하면서도 경박한 사람을 꿈같이 만나, 시집간 뒤로 남편 시중들면서 마음 쓰기를 마치 살얼음 디디는 듯하였다.

한 여인이 남편을 기다립니다. 하지만 남편은 오지 않습니다.

연락이 끊긴 지도 벌써 한 달입니다. 백마 타고 이리저리 돌아다니며 기녀들과 술 마셨다는 목격담만 간간이 들릴 뿐이지요.

열다섯이라는 어린 나이에 여인은 서울로 시집왔습니다. 하지만 십여 년 지난 지금까지 단 하루도 맘 편할 날이 없었습니다. 남편은 재주 많은 그녀를 무시했고, 시어머니는 구박했지요. 딸과 아들이 있었지만 둘 다 어린 나이에 세상을 떴고, 배 속 아이마저 유산되는 아픔을 겪습니다. 이제는 바깥을 나도는 남편을 떠올리며 속절없이 시간만 보낼 뿐이지요.

이 작품은 허난설헌이 쓴 〈규원가(閨怨歌)〉입니다. '규방* 부인의 원망하는 노래'라는 제목처럼 그녀의 삶은 불행했습니다. 사랑도, 인정도 받지 못하고 하루하루를 눈물과 한숨으로 보내야만 했으니

---

* **규방** 부녀자가 거처하는 방.

까요. 그녀는 결국 스물일곱이란 젊은 나이에 세상을 뜨지요.

그런데 이 작품에서 우리가 눈여겨볼 구절이 있습니다. 바로 '전생에 지은 원망스런 업보요, 월하노인의 인연으로'인데요. '월하노인'은 전설 속의 인물입니다. 남녀의 손목에 붉은 실을 매달아 다음 생에 부부가 될 수 있도록 인연을 맺어 준다고 하지요. 그리고 '전생의 업보'는 지난 생에 저지른 잘못을 뜻합니다. 예컨대 다른 사람에게 큰 피해를 주거나 악행을 일삼으면 다음 생에 벌을 받는다고 하지요.

그녀는 말합니다. 지금의 남편을 만난 건 결국 과거의 내가 잘 못했기 때문이고, 그렇기에 하늘에서 이런 인연을 만나도록 정한 것이라고요. 이 모든 게 자신의 '운명'이라 생각한 겁니다.

사전에서 운명(運命)은 '초월적인 힘에 의해 정해져 있는 인간의 목숨이나 처지'를 뜻하는데요. 만약 지금의 여러분이 허난설헌이라면 어떻게 생각했을까요? 아마도 모든 걸 운명으로 여기진 않았을 겁니다. 그보단 결혼을 '잘못된 선택'으로 생각하고, 상황을 벗어나려 했겠지요. 나의 업보를 원망하기보단 남편을 떠나는 등의 구체적인 행동을 했을 것입니다.

하지만 많은 옛사람들은 자신이 처한 상황을 운명으로 받아들이곤 했습니다. 마치 '피할 수 없는 운명'이란 관용구처럼요.

그런데 오늘 살펴본 두 작품은 조금 다릅니다. 고통과 슬픔을 운명으로 여기기보단, 고난과 역경에 당당히 맞서고 개척해 가는 모습을 보이기 때문이지요. 바리데기와 가믄장아기는 어찌 그리할 수 있었을까요? 함께 생각해 보지요.

● 바리데기라는 이름은 어떤 의미일까?

"그 아이를 내다 버려라!"

그러자 부인이 간곡하게 말렸다.

"아니 되옵니다. 어찌 혈육을 버리려 하십니까? 차라리 신하 중 자식 없는 신하에게 양녀로 주시옵소서."

그러나 오구 대왕은 단호했다.

"울음소리도 듣기 싫고, 꼴도 보기 싫다. 썩 내다 버려라."

"정 그러시다면 이름이나 지어 주소서."

"버렸다. 버렸으니 바리데기로 하라."

바리데기는 '버려진 아이'입니다. 그 이름은 '베려라 베리데기, (물 속으로) 던져라 던져데기'라는 말에서 유래되었다고도 하지요.

탄생은 일반적으로 축복 속에 이뤄집니다. 한 아이가 태어났을 땐 가족과 친척, 이웃 모두가 기쁨을 나누지요. 하지만 바리데기는 태어나자마자 버려집니다. 딸이라는 이유로요. 나라의 공주였지만, 그녀는 가족에게 불필요한 존재로 여겨졌습니다.

옥함에 실려 떠내려간 바리데기를 처음으로 발견한 건 석가세존입니다. 하지만 석가세존조차 바리데기를 거두지 않습니다. '여자아이'이기에 제자로 삼을 수 없다고 탄식하면서, 비리공덕 노부부에게 맡기지요. 종교 교육에서조차 여성은 원천적으로 배제되었던 당시 현실을 알 수 있는 부분입니다.

참고로 이 작품은 굿에서 불리는 무가*입니다. '바리공주', '칠공주', '오구풀이', '무조* 전설' 등 여러 제목으로 불리지요. 지역에 따라 이야기의 내용에도 조금씩 차이가 있답니다.

● 무상신이 바리데기에게 요구한 것의 의미는?

"저는 오구 대왕의 세자입니다. 약수를 구하여 부모님을 살리기 위해 왔습니다."

"그렇다면 그 값은 가져왔느냐?"

---

* **무가(巫歌)** 무당의 노래.
* **무조(巫祖)** 무당의 시조.

"바삐 오느라 못 가져왔습니다."

"그렇다면 물 삼 년 길어 다오. 불 삼 년 때 다오. 나무 삼 년 베어 다오."

"그리하겠습니다."

세월이 흘러 어느덧 석삼년 아홉 해가 지났다. 그러자 무상신이 말했다.

"그대의 모습을 보니 앞으로는 국왕의 기상이오, 뒤로는 여인의 몸이 되어 보이도다. 나와는 천생배필이니 백년가약을 맺고 일곱 아들을 낳아 주면 어떠한가?"

"부모를 살릴 수 있다면 그리하겠습니다."

바리데기는 부모를 살리기 위해 길을 떠납니다. 그리고 수많은 어려움 끝에 무상신을 만나지요. 그는 약수를 가지고 있었지만 쉽게 내주지 않습니다. 그 대신 바리데기에게 대가를 요구합니다. 바로 '노동'과 '출산'이지요.

만약 누군가 여러분에게 똑같은 요구를 한다면 어떨까요? 9년 동안 물을 긷고, 불을 때고, 나무를 베는 허드렛일을 해야 한다면요? 글쎄요. 아무리 돈을 많이 준다 해도 하고 싶지 않을 겁니다.

게다가 아들을 일곱 명이나 낳으라는 건 어떤가요? 한두 명을 낳고 기르기도 힘든데 무려 일곱이라니요? 다들 고개를 설레설레 저을 겁니다. 무척 힘든 일이지요. 이는 당시 여성들이 겪은 과중한 가사 노동과 출산의 고통을 뜻합니다.

실제로 가부장제에서 가사 노동은 오롯이 여인들의 몫이었습니다. 날이 밝기도 전에 일어나 아궁이에 불을 지피고, 음식을 차리고, 집안을 청소하고, 옷을 빨아서 널고, 우는 아이에게 젖을 먹이고, 장을 봐 먹거리를 준비하고, 밤에는 바느질을 하고……. 바위

를 끊임없이 밀어 올려야만 했던 그리스 신화의 시시포스*처럼 여인들은 끊임없이 일해야 했습니다. 바리데기가 이 모든 일을 묵묵히 한 것은, 당시의 많은 여인들이 이러한 고통을 감내했다는 것을 의미하지요.

---

* **시시포스** 그리스 신화에 나오는 코린트의 왕. 제우스를 속인 죄로 지옥에 떨어져 바위를 산 위로 밀어 올리는 벌을 받았다. 그가 밀어 올리는 바위는 산꼭대기에 이르면 다시 아래로 굴러떨어지기 때문에 그는 영원히 이 일을 되풀이하였다고 한다.

● 바리데기는 왜 무당들의 신이 되었을까?

지금은 드물지만, 예전에는 마을에서 굿을 하는 일이 많았습니다. 특히 병이나 사고로 갑자기 사람이 죽은 경우에 굿판을 벌였는데요. 억울하게 죽은 망자가 극락세계로 가지 못하고 이승을 떠돈다고 여겼기 때문이지요. 그렇기에 씻김굿이나 넋굿을 통해 망자의 원한을 풀어 주었던 겁니다.

바리데기는 약수를 구하러 가는 길에 지옥을 지납니다. 그리고 그곳에서 수많은 원귀*를 만나지요. 다들 한번쯤은 공포 영화에서 귀신을 본 적 있을 겁니다. 만약 목도, 팔도 없는 귀신들이 울부짖으며 여러분에게 달려든다고 생각해 봐요. 벌써부터 오싹하지요. "으악!" 비명을 지르며 도망갈지도 모르겠네요.

일반적으로 사람은 귀신을 피하려고 합니다. 두려움의 대상이니까요. 하지만 바리데기는 그 울부짖음을 그냥 넘기지 못합니다. 그녀는 도리어 눈물을 흘리며, 이들의 극락왕생을 기도합니다.

* **원귀(怨鬼)** 원한에 찬 귀신.

여기저기서 고통스런 비명 소리가 들려왔다. 눈 없는 귀신, 팔 없는 귀신, 다리 없는 귀신, 목 없는 귀신 등 수많은 귀신들은 바리데기를 보고는 그녀에게 매달리며 자신들을 구제해 달라고 애원했다. 바리데기는 그 모습을 보자 눈물을 글썽였다. 그녀는 마음을 모으고 가여운 영혼들을 위해 정성껏 기도했다.

"저승 시왕께로 갈 사람 시왕께로 가고 극락으로 갈 사람 극락으로 가고서⋯⋯."

기도 소리 섞인 라화가 흔들릴 때마다 영혼들이 사라지고 또 사라져 갔다.

"일월신장님 사해용왕님 칠성신장님 천산산신님 저들을 씻기고 인도하소서⋯⋯."

이런 모습은 바리데기가 약수를 구한 후에도 나타납니다. 한시 바삐 궁궐로 돌아가야 하는 상황이지만, 그녀는 한 많은 영혼들을 쉽게 지나치지 못합니다.

또 한 배가 보이는데 그 배는 불빛도 없고 임자도 없이 조용히 흘러가고 있었다.

"저 배는 어떤 배입니까?"

"저 배는 한(恨)이 가득한 혼령들이 탄 배라오. 자식 없는 망자(亡者)들과 아이를 낳다 죽은 여인, 지노귀굿, 새남굿, 시왕제, 사십구재, 백일재도 못 받고 길 잃고 갈 곳 몰라 방황하는 배라오."

이야기를 들은 바리데기는 크게 슬퍼하며 그들을 위해 염불하고 극락 왕생토록 빌어 주었다.

바리데기는 왜 귀신들을 보고 슬퍼했을까요? 그 이유는 간단합니다. 동병상련*을 느꼈기 때문입니다.

바리데기가 만난 귀신은 불쌍한 존재들입니다. 이들은 이승에서 죄를 짓거나, 전쟁에서 죽임을 당하거나, 굿을 해 줄 후손도 없이 죽음을 맞이한 가련한 영혼이지요. 그렇기에 극락세계로 가지 못하고, 저승을 떠돌 수밖에 없었습니다.

그런데 생각해 보면 바리데기 역시 불쌍한 존재입니다. 태어나자마자 버려졌고, 아무도 가지 않는 곳으로 홀로 떠나야 했으니까요. 상처 입은 사람은 타인의 상처에도 민감합니다. 내가 아프기에 타인의 아픔에도 쉽게 공감할 수 있는 것이지요. 그랬기에 바리데기는 그들을 위해 눈물 흘리고 정성을 다해 기도한 겁니다.

바리데기가 무당이 된 이유도 이제 알 수 있겠지요. 바리데기는 저승에서 고통당하는 영혼을 고통 없는 곳으로 인도합니다. 이는 자신이 해야만 하는 일이었지요. 부모를 살렸을 때도 재물을 받기보단 죽은 사람의 혼령을 위로하는 무당이 되었고, 결국 무당들이

---

* **동병상련** 아픈 사람들끼리 서로를 가엾게 여긴다는 뜻.

▲ 진도 씻김굿

모시는 신인 무조신으로 추앙받습니다. 그녀는 고통받는 영혼을 구원하는 신이 되었지요.

참고로 씻김굿* 초반에 '오구물림'이란 것을 하는데, 이는 바리데기를 부르는 것입니다. 무조신을 불러 죽은 이의 한을 풀어 주십사 기도하는 것이지요. 전라남도 진도가 씻김굿으로 유명하니, 기회가 된다면 한번쯤 가서 보아도 좋을 것 같네요.

● 가믄장아기는 어떤 존재일까?

"전상은 다름이 아니오라, 인간 세상 장사하는 것도 전상이요, 목수 일도 전상이요, 농사지음도 전상이요, 술 먹음도 전상이요, 담배 먹음도 전상이요, 노름함도 전상이요, 밥 먹음도 전상이요, 인간살이 모든 일이 전상입니다."

제주도에는 다양한 무속 신화가 존재하는데요. 그중 〈삼공본풀

* **씻김굿** 죽은 이의 영혼을 깨끗이 씻어 주어 이승에서 맺힌 원한을 풀고 극락왕생하기를 비는 굿을 통틀어 이르는 말.

이〉는 무가이자 '삼공이라는 신(神)의 근본 내력을 풀이한 신화'입니다. 삼공은 다른 말로 '전상'이라고도 하는데, 이는 '운명'을 뜻하지요. 작품의 주인공인 가믄장아기가 바로 삼공, 즉 운명의 신입니다.

작품 속에서 가믄장아기는 인간의 운명을 주관합니다. 거지였던 부모가 셋째 딸인 가믄장아기를 낳고 부자가 되었다는 내용 기억나나요? 그리고 가믄장아기는 부자였던 부모를 다시 가난하게 만들지요. 가난했던 남편을 부자로도 만들고요. 이처럼 가믄장아기는 인간의 가난과 부(富)를 주관합니다. 모두가 그녀의 손에 달린 셈이지요.

가믄장아기는 인간의 길흉화복도 주관합니다. 착한 이에게는 복을 주고, 나쁜 이에게는 벌을 내리지요. 예컨대 그녀를 시기하던 언니 둘은 지네와 비섯으로 변해 버립니다. 마둥이네 집안 불효자인 두 형의 밭에선 똥과 뱀만 나왔지요. 눈을 멀게 하고 다시 뜨게 하는 것 역시 그녀의 일입니다. 가믄장아기는 사람의 마음을 보고, 이를 바탕으로 인간의 삶을 결정합니다. 즉, 착한 마음가짐을 권하고, 나쁜 행동을 벌하는 '운명의 신' 역할을 하는 셈이지요.

● 어디서 들어 본 듯한 이야기라고?

눈먼 부모가 잔치에서 딸을 만나 눈을 번쩍 뜨는 이야기, 마를 캐던 밭에서 금덩이가 나와 부자가 된다는 이야기. 왠지 많이 익숙하지 않나요? 맞습니다. 《심청전》과 〈서동 설화〉에도 이런 이야기가 나오지요.

그리고 "누구 덕에 호강하고 살고 있느냐?"라는 아버지의 물음에 가믄장아기는 "내 배꼽 아래 선그뭇 덕으로 먹고삽니다."라고 대답하는데요. 여기서 선그뭇은 '배꼽부터 생식기까지 내리그어진 선'을 뜻합니다. 옛날엔 여자가 선그뭇이 짙을수록 복이 많고 잘산다는 인식이 있었지요. 결국 셋째 딸의 대답은 "잘 먹고 잘사는 건 다 내 덕이지요!"라는 의미인데요. 이 내용은 '내 복에 산다' 형 민담과 비슷합니다. 잠시 줄거리를 볼까요?

옛날에 딸 셋을 둔 사람이 있었다.
하루는 이 사람에게 한 거지가 찾아와 딸 셋 중에 하나를 자기에게 달라고 졸랐다. 이 사람은 세 딸에게 누가 시집을 가겠느냐고 물었다. 첫째 딸과 둘째 딸은 부잣집에서 살다가 그런 거지에게는 시집을 갈 수가 없다고 했다. 그러나 막내딸은 그 거지에게 시집을 가겠다고 했다. 아버지는 거지에게 시집가겠다고 나서는 막내딸이 괘씸해 거지 총각과 함께 내쫓았다.

막내딸은 거지 총각을 따라 가서 함께 살았다. 총각은 숯을 구워서 살고 있었다. 막내딸은 매일 점심을 차려 남편이 일하는 곳으로 가져다주었다.

그러던 어느 날 막내딸이 남편에게 이리 좀 와서 잘 보라고 했다. 남편이 왜 그러느냐고 물으니 막내딸은 자기가 보라는 것만 잘 보면 숯 굽는 일을 더 이상 하지 않아도 될 것 같다고 했다. 막내딸이 가리킨 것은 숯 굽는 아궁이에 놓여 있는 이맛돌*이었는데, 알고 보니 그 이맛돌이 금덩이였다. 남편은 그냥 돌이라고 하였으나 막내딸은 금인 것을 알아보고 남편에게 지게 하여 서울에서 가장 큰 마을로 갔다.

막내딸과 남편이 금을 사라는 소리를 하며 다니자 한 사람이 금을 사겠다고 나섰다. 막내딸과 남편은 많은 돈과 옷감을 받아 집으로 돌아왔다. 막내딸과 남편은 큰 부자가 되어 아들딸을 낳고 잘살았다. 이를 알게 된 두 언니는 시기를 했으나 별다른 수가 없었다. 딸의 부모는 막내딸에게 효도를 받으며 잘살았다.

* **이맛돌** 아궁이 위 앞에 가로로 걸쳐 놓은 긴 돌.

우리는 여기서 중요한 점을 알 수 있습니다. 아까 〈가믄장아기〉가 무가이자, 삼공의 근본 내력을 설명한 신화라고 했지요? 다시 말해 굉장히 오래된 내용이란 건데요. 이것이 훗날 민담이나 소설과 같은 서사 문학으로 퍼져 나갔음을 알 수 있지요. 쉽게 말해 수많은 이야기들의 원조라 해도 될 듯합니다.

참고로 무가는 말과 창(노래)을 교체하면서 진행하는데, 판소리와 비슷하지요. 또한 무가는 잽이(악사)의 악기 반주에 맞춰 이뤄지며, 잽이가 중간중간 탄성을 지르기도 합니다. 이 역시 판소리에서 고수가 북을 치고, 추임새를 넣는 것과 흡사하지요. 이는 판소리가 서사 무가에서 유래했다고 보는 중요한 근거가 된답니다.

한 걸음 더 제주도에는 왜 무가가 많이 남아 있나?

〈가믄장아기〉, 〈세경본풀이〉, 〈원천강본풀이〉, 〈초공본풀이〉……. 제주도에는 무가가 많이 전해집니다. 그 이유는 무엇일까요?

첫째는 지형적 특징 때문입니다. 제주도는 화산 폭발로 생겨난 섬입니다. 그렇기에 섬의 탄생 및 기원과 관련된 다양한 서사 무가가 존재하지요.

둘째는 지리적 폐쇄성을 들 수 있습니다. 지금이야 서울에서 비행기로 한 시간이면 가지만, 과거에는 쉽게 오갈 수 없는 곳이었어요. 교통도 불편하고, 생활 환경도 척박했기에 조선 시대까지도 유배지로 활용되었지요. 그런데 오히려 그런 점 때문에 고유의 민속 신앙과 이야기들이 보존되기에 유리했답니다.

▲ 제주도

마지막으로는 풍부한 자연 환경을 들 수 있습니다. 제주도에는 비가 많이 내리고, 바람도 무척 셉니다. 또한 한라산이라는 높은 산과 말[馬]을 기를 방목지가 있지요. 농경과 목축, 어업은 우리 삶과 밀접한 관련이 있는데요. 이것들은 다양한 이야깃거리의 소재가 되는 동시에, 신앙으로까지 발전하게 되지요. 이런 이유로 제주도에는 지금까지 다양한 무가가 남아 있답니다.

고전으로 토론하기

● 주인공의 '여정'에 담긴 의미는 무엇일까?

생각 주제 열기

〈바리데기〉와 〈가믄장아기〉는 공통점이 많습니다. 둘 다 신(神)이 된 내력을 서술한 무가이며, 여성인 주인공이 자기 앞의 시련을 극복해 갑니다. 이른바 '여성의 수난과 극복'이라는 공통된 화소(motif)*를 가지고 있지요.

작품 속 주인공이 겪는 시련은 가혹합니다. 이들은 가족으로부터 배척당해 '버려진 아이'와 '쫓겨난 아이'가 됩니다. 피를 나눈 가족에게 그 존재를 인정받지 못한 셈이지요.

주인공은 결국 떠납니다. 집을 나와 세상으로 나아가지요. 그리고 그들 앞에 펼쳐진 다양한 일을 겪습니다. 이 '여정'에는 어떤 의미가 담겨 있을까요? 이번 시간에 그 답을 생각해 보고자 합니다. 친구들과 함께하는 이야기 마당으로 여러분을 초대합니다.

주인공은 왜 집을 떠났을까?

쌤 좋은 아침입니다. 여러분. 잠시 자기소개부터 할까요?

예 나 안녕하세요, 예나라고 합니다. 〈바리데기〉와 〈가믄장아기〉는 제가 참 좋아하는 작품이에요. 오늘 토론이 무척 기대돼요.

쌤 반갑습니다. 자, 다음은?

성 준 안녕하세요. 성준입니다. 저도 작품 재미있게 읽었습니다. 그리고 오늘 많이 배우고 싶어서 토론에 나왔어요.

쌤 그래요. 성준이 말대로 서로 이야기하면서 많이 배웠으면 하네요. 자, 이번 시간에는 '주인공의 여정에 담긴 의미는 무엇일까?'라는 주제로 함께 생각해 보고자 합니다. 간단해 보이지만, 무척 중요한 문제이지요. 먼저 떠난 것부터 시작하는 게 좋겠네요. 자, 두 주인공이 왜 가족을 떠나게 되었는지 말해 볼까요?

예 나 음, 바리데기는 딸이라는 이유로 태어나자마자 버려졌어요. 그리고 세월이 흘러 가족을 만나지만, 이번엔 부모를 살릴 약을 구하러 길을 떠나지요.

성 준 맞아. 반면에 가믄장아기는 말 한마디 잘못해서 쫓겨나요.

쌤 그래요. 가믄장아기의 경우부터 살펴볼 건데, 그 전에 하나 묻지요. 만약 오늘 저녁에 가족이 모여 밥을 먹는데 아버지가 여러분

＊**화소** 소설 따위에서, 이야기를 구성하는 최소 단위.

에게 묻습니다. "너는 누구 덕에 이렇게 먹고사는지 아느냐?"라고
요. 그러면 여러분은 뭐라고 대답할 건가요?

성준 음…… 글쎄요. 그래도 배부르고 등 따습게 사는 건 부모님
덕 아닌가요? 헤헤.

예나 저도 좀 당황스럽네요. 아, 뭐라고 하지?

성준 그냥 감사 노래라도 불러 드릴까? "부모님 은혜는 하늘 같아
서 우러러볼수록 높아만지네~."

예나 야, 재미없거든?

쌤 하하. 그래요. 첫째 딸과 둘째 딸은 대답합니다. "부모님 덕으
로 잘산다."라고 말이지요. 그러나 셋째 딸 가믄장아기의 대답은
달랐습니다.

성준 "잘 먹고 잘사는 건 다 내 덕이에요!"라는 식으로 대답하지
요. 흐흐.

쌤 그래요. 재미있지요? 그런데 아버지는 이 말에 무척 화가 났고, 가믄장아기는 결국 집에서 쫓겨나지요. 그런데 우리는 생각해 봐야 합니다. "누구 덕에 먹고사느냐?"는 아버지의 질문엔 사실 답이 정해져 있습니다. 부모 덕분이라는 거죠. 거기에는 자식을 하나의 인격체로 보기보단 부모에게 매여 있는 존재로 보는 시각이 담겨 있습니다. 이것은 딸들이 자신의 '소유'임을 확인하는 질문이자, 남성 중심의 질서를 보여 주는 것이지요.

예나 생각해 보니 정말 그렇네요. 그래서 첫째와 둘째의 대답에 아버지가 만족한 거네요.

쌤 맞아요. 하지만 가믄장아기는 다릅니다. "저는 누군가에 의해 먹고사는 존재가 아니에요."라는 대답이 의미하는 건 뭘까요? 바로 예속된 존재가 아니라 '독립된 존재'라는 것이죠. 그녀는 남성 중심의 질서를 거부하며 집에서 쫓겨납니다. 한편 바리데기는 두 번이나 집을 떠납니다. 처음엔 딸이라는 이유로 버려지고, 나중엔 부모를 살릴 약을 구하러 길을 나서지요. 그런데 이 둘에는 중요한 차이가 있습니다. 뭘까요?

성준 음, 글쎄요. 처음엔 아기였고, 나중에는 컸다는 거?

예나 그걸 다른 말로 하면 버려질 땐 의식이 없었고, 나중에 길을 나설 땐 의식이 있었단 거지.

성준 아, 그러고 보니 처음은 자기가 원해서 떠난 게 아니고, 두 번째는 자기 의지로 떠났다고도 볼 수 있네.

쌤 훌륭합니다. 두 번의 '떠남'에는 차이가 있습니다. 바로 '무의식과 의식', '비자발성과 자발성'인데요. 이는 바리데기의 여정을 이해하는 중요한 키워드가 됩니다. 이제는 이들의 여정에 담긴 의미를 함께 생각해 보지요.

주인공의 여정에 담긴 의미는 무엇일까?

쌤 자, 여러분이 집에서 쫓겨났습니다. 가믄장아기처럼요. 성준이라면 이제 어떻게 할 건가요?

성준 얼른 친구에게 전화해요! 걔 집에서 놀고, 먹고, 자요.

예나 야, 그것도 하루 이틀이지. 친구네 집에서 평생 살래?

성준 생각해 보니 그건 좀 힘들겠네……. 그럼 집에 돌아가서 싹싹 빌어야지.

예나 호호.

쌤 하하. 그래요. 요즘은 집에서 쫓겨나는 일도 별로 없지만, 실제로 쫓겨나더라도 돌아가는 게 일반적일 겁니다. 하지만 가믄장아기는 그러지 않습니다. 그녀는 길을 헤매다 마퉁이네 집에 들어가 셋째 아들과 인연을 맺습니다. 우리는 이 부분에 주목할 필요가 있습니다. 그녀는 누군가의 소개나 권유로 그와 결혼한 게 아닙니다. 세 아들 중 가장 마음이 착한 아들을 그녀가 직접 보고 고른 것이죠. 배필을 선택하는 데에도 능동적인 태도를 보인 겁니다.

성 준 맞아요. 예전에는 부모님이 자녀의 배우자를 정하는 일이 많지 않았나요?

예 나 양반 가문에선 거의 그랬지. 허난설헌도 그래서 불행했어.

쌤 그래요. 안타까운 일이지요. 하지만 가믄장아기는 다릅니다. 집을 나선 그녀는 '운명의 신'으로서 자기 역할을 해 나갑니다. 효자인 남편을 부자로 만들고, 불효자인 첫째와 둘째는 계속 가난하지요. 자기를 버린 부모도 맹인 거지로 만들고요. 그녀는 누구에게도 의존하지 않고 이 모든 일을 스스로 하지요.

예 나 쌤, 근데 좀 잔인한 거 같아요. 눈을 멀게 하다니요…….

쌤 그래요. 작품에서 그녀가 부모를 눈멀게 하고, 언니들을 버섯과 지네로 변하게 한 건 언뜻 잔혹해 보입니다. 하지만 이것이 신화이고, 상징적 의미가 담겨 있음을 고려할 땐 이해할 수 있어요. 여기엔 맹목적인 삶을 강요하지 말라는 '경고'와 '징치(懲治)'의 의미가 담겨 있지요.

성 준 징치가 무슨 뜻이에요?

쌤 벌한나는 뜻이에요. 맹목(盲目)은 '눈이 멀다'라는 뜻이고요.

성 준 아하~!

쌤 무조건적으로 부모와 남편을 따르고 순응하는 것. 이것은 예로부터 이어진 여성의 운명이었습니다. 하지만 가믄장아기는 달랐습니다. 그녀는 아버지의 권위에 반기를 들고, 혼사를 주체적으로 결정하며, 기존 관습에 정면으로 도전합니다. 당시 여성들에게 씌워진 운명에 당당히 맞선 셈이지요. 그런 그녀가 운명의 신이 되어 사람들의 길흉화복을 주관했다는 건 어찌 보면 아이러니합니다.

예나 쌤, 저는 오히려 그게 맞는 거 같아요. 운명이란 정해진 게 아니라, 개척해 나가는 거니까요. 가믄장아기도 용기와 지혜를 가지고 집 밖으로 나섰잖아요.

성준 오, 맞아 맞아. 작품 속 다른 사람들도 어떻게 사느냐에 따라 길흉화복이 결정되지. "행동은 운명을 결정짓는다. 그러니 능동적으로 바꿔 나가지."라는 거 같아. 가믄장아기의 여정은 결국 운명을 바꾸기 위한 도전이라 볼 수 있고.

쌤 훌륭합니다. 자, 이번에는 바리데기를 볼게요. 여기서도 하나

묻죠. 만약 여러분이 바리데기라면 어떻게 했을까요? 자기를 버린 부모의 생명을 구하기 위해 길을 떠날 건가요?

성준 아……. 어렵다. 솔직히 저라면 안 갈 거 같아요.

예나 저도 좀 그래요. 불가피한 사정이 있는 것도 아니고, 그냥 딸이라는 이유로 버린 거잖아요? 게다가 남의 집 앞에 두고 온 것도 아니고, 강물에 띄워 보냈으니 죽었을지도 모르고요. 만약 제가 그런 일을 당했다면 그 상처는 평생 잊지 못할 거 같아요!

쌤 그래요. 쉽지 않은 결정이지요. 게다가 살아 돌아올 가능성도 거의 없으니까요. 모든 신하와 궁녀들, 심지어는 바리데기의 언니들조차 떠나길 거부하지요. 이런 상황에서 보통 사람은 어떤 반응을 보일까요? 아마도 분노할 겁니다. 자기를 버린 부모가 이제 와서 그런 뻔뻔한 요구를 한다면서 말이에요. 혹은 좌절하거나 슬퍼할지도 모릅니다. 버려진 자기 신세를 원망하면서, 기구한 운명을 한탄할지도 모릅니다. 그런데 바리데기는 어떻게 했나요? 다시 한번 보지요.

그러자 바리데기가 오구 대왕에게 말했다.

"소녀는 열 달 동안 부모님 배 속에 있었습니다. 그 은혜가 크니 제가 가겠습니다."

"구슬 가마를 주랴, 비단 가마를 주랴?"

"홀로 말을 타고 가겠습니다."

예 나 전 이 장면이 가장 맘에 들어요. 당당하고 멋져요.

성 준 맞아. 강한 의지도 느껴져요.

쌤 그래요. 태어나자마자 버려진 건 어쩔 수 없는 일이었어요. 하지만 약을 구하러 길을 떠난 건 '의지'이자 '선택'이지요. 그녀는 아무런 망설임 없이 결정을 내립니다. 그 바탕이 된 건 무엇일까요?

예 나 음, 아마도 '용서' 아닐까요? 지난날 부모의 잘못을 지적하거나, 원망하지 않으니까요.

성 준 맞아. 생각해 보면 그 전에 신하가 찾으러 왔을 때도 따라가지 않을 수 있었지. 그럼에도 바리데기는 갔잖아.

쌤 그래요. '용서'는 쉬운 단어이지만, 실제로는 힘든 일입니다. 바리데기의 경우엔 더욱 그럴 거고요. 하지만 그녀는 모든 걸 용서하고 길을 떠납니다. 그리고 많은 일을 겪지요. 저승에서 귀신을 만나고, 9년 동안 허드렛일을 하고, 아이를 일곱이나 낳고…….

성 준 아, 너무 힘들었을 거 같아요.

쌤 그래요. 하지만 그 여정을 통해 바리데기는 중요한 변화를 겪습니다. 부모를 살린 뒤 무당이 되고, 결국 무조신으로 추앙받지요. 만약 바리데기가 길을 떠나지 않았으면 어떻게 되었을까요?

성 준 글쎄요. 어쩌면 편하게 살 수 있었을지도 모르지요.

예 나 편하긴 무슨? 마음이 내내 불편했을걸. 게다가 죽은 이의 혼령을 위로하고 구제하는 일도 못 했겠지.

쌤 중요한 점을 지적했네요. 바리데기는 여정을 통해 자기가 할 일을 깨닫습니다. 버림받은 영혼을 위로하고 구제하는 것, 그것이야말로 버림받은 자신이 할 수 있는 가장 가치 있는 일이었지요. 그녀는 남을 구원하는 동시에 스스로도 구원받습니다. 결국 이 여정은 '나를 찾기 위한 여정'으로도 볼 수 있답니다. 자신의 정체성을 찾고 스스로의 운명을 바꾼 셈이지요.

성준 음. 정말 그런 거 같아요. 그럼 저도 '진정한 나'를 찾기 위해 얼른 집을 나가야겠어요! 흐흐.

예나 에휴. 너 같은 애들이 작품을 엉뚱하게 이해한다니까. 하루만 지나면 집으로 쪼르르 돌아갈걸? "엄마~ 배고파요!" 그러면서.

쌤 하하. 가믄장아기와 바리데기는 용기와 지혜를 갖추었습니다. 이들은 버림받은 자기 처지를 비관하지 않고, 운명을 적극적으로 개척해 가지요. 이 오래된 이야기가 지금까지 전해지는 건 아마도 이런 가르침 때문일 겁니다. 여러분도 어려움 속에서 늘 당당했으면 하네요. 이것으로 마치겠습니다.

예나·성준 감사합니다!

고전과 함께 읽기

여기서는 〈바리데기〉, 〈가믄장아기〉와 관련해 함께 보면 좋은 작품을 소개합니다. 다양한 작품을 통해 이해의 폭을 넓히고 재미를 느껴 보길 바랍니다.

소설 《바리데기》 길, 나를 찾아 떠나는 여정

황석영의 소설 《바리데기》는 고전을 바탕으로 새롭게 쓴 작품입니다. 주인공인 바리는 북한 청진에서 지방 관료의 일곱 딸 중 막내로 태어나는데요. 그녀는 바리데기처럼 환영받지 못했고, 아들을 원했던 부모에 의해 산에 버려집니다. 하지만 집에서 기르던 개에 의해 구조되고 할머니의 사랑을 받으며 자라지요.

그러던 어느 날 외삼촌이 남한으로 탈출한 일을 계기로 바리의 아버지가 조사를 받고, 가족들은 뿔뿔이 흩어지게 됩니다. 바리가 태어난 북한에선 연좌제*가 적용되었기 때문이지요. 이에 바리는 목숨을 걸고 국경을 넘어 중국에 도착합니다. 그리고 그곳에서 발 마사지사로 일하게 됩니다.

어려서부터 바리에겐 독특한 능력이 있었습니다. 그녀는 강아지와 교감하거나 귀신과 대화할 수 있었어요. 이런 영적(靈的)인 능력은 마사지사로 일하면서 큰 도움이 됩니다. 바리는 손님의 발을 만지며 그들의 삶을 읽어 냅니다. 또 손님의 말에 귀 기울이고 공감하며 아픔을 정성껏 치유하지요.

하지만 안정될 것 같던 생활도 잠시, 바리에게 위기가 닥쳐옵니다. 동업자에게 사기를 당해 빚더미에 앉으면서 영국으로 팔려 가게 된 것이죠. 영국으로 향하는 밀항선은 지옥과도 같았습니다. 고전 〈바리데기〉에서 약수를 구하기 위해 고난을 겪는 바리데기처럼 작품 속 바리 역시 모질고 험한 일들을 견뎌 냅니다.

* **연좌제** 범죄자와 일정한 친족 관계가 있는 자에게 책임을 함께 지우는 제도.

우여곡절 끝에 런던에 도착한 바리는 다시 발 마사지사로 일하게 됩니다. 하지만 불법 체류 신분이라 늘 전전긍긍하며 지내지요. 그런 그녀에게 도움의 손길을 내민 사람은 파키스탄 출신의 압둘 할아버지입니다. 건물 관리인인 그는 바리가 살 곳을 마련해 주고, 손녀딸처럼 보살펴 주지요. 그의 손자인 알리 역시 바리를 아끼고 사랑했으며, 둘은 결국 결혼하게 됩니다.

하지만 행복은 오래가지 않았습니다. 9·11 테러*가 일어나고, 무슬림*에 대한 보복 행위가 계속됩니다. 게다가 남편 알리는 동생을 찾기 위해 파키스탄으로 향합니다. 그로 인해 홀로 딸을 낳아 기르게 된 바리에게 또다시 비극적인 일이 일어나는데요. 마사지사로 함께 일했던 언니가 바리의 집에 들어와 돈을 훔쳐 가는데, 그 과정에서 바리의 딸이 계단에서 굴러떨어져 죽은 것이지요.

남편의 생사가 불분명한 데다 딸까지 잃었으니 그 비통함은 이루 말할 수 없겠지요. 생명의 끈을 놓으려던 바리는 문득 압둘 할아버지의 말을 떠올립니다.

"희망을 버리면 살아 있어도 죽은 거나 다름없지. 네가 바라는 생명수

---

* **9·11 테러** 2001년 9월 11일 이슬람 국제 테러 조직이 민간 항공기 4대를 납치하여, 뉴욕의 세계 무역 센터 쌍둥이 건물에 충돌 붕괴시키고 워싱턴의 국방부 건물 일부를 폭파시킨 사건.
* **무슬림** 이슬람교도.

가 어떤 것인지 모르겠다만, 사람은 스스로를 구원하기 위해서도 남을 위해 눈물을 흘려야 한다. 어떤 지독한 일을 겪을지라도 타인과 세상에 대한 희망을 버려서는 안 된다."

그녀는 이 말을 떠올리며 마음을 다잡고 '삶이란 무엇인가?'에 대한 해답을 찾고자 합니다. 그리고 '타인과 세상에 대한 작은 희망을 품고 끝까지 살아가는 것', 이것이야말로 비극적 세상을 견뎌 나갈 힘이자 원동력임을 알게 됩니다.

세월이 흘러 억울하게 감옥에 갇혀 있던 남편은 돌아옵니다. 둘이 다시 아이를 낳고 서로에게 의지하며 살아갑니다. 그러던 어느 날 바리가 남편 알리와 함께 런던 시내를 거닐다가 폭탄 테러를 목격하면서 작품은 끝나지요.

인생은 흔히 길에 비유됩니다. 우리는 길을 걸으며 여러 일을 겪고 다양한 사람을 만납니다. 많은 것을 보고 배우며 깨닫게 되지요. 신화학자 조지프 캠벨은 "영웅이 걷는 길은 지상의 길이지만 우리 내면의 길이기도 하다."라는 말을 남겼습니다. '길 떠남'은 자

기 자신을 돌아보게 합니다. 또한 세상을 이해하며 앞으로 나아가
야 할 방향을 가르쳐 주지요. 우리는 길을 통해 보다 성숙해지는지
도 모릅니다.

여러분도 살면서 무척 힘든 날이 있을 겁니다. 그럴 때는 한번쯤 훌쩍 떠나
보길 권합니다. 굳이 먼 곳이 아니라 가까운 곳으로 떠나도 좋고, 시간이 없
다면 책이나 영화를 봐도 좋습니다. 그렇게 하면 여러분 마음속에도 힘이 있
다는 것을 알게 될 겁니다. 자신의 가능성을 찾고 아픔을 치유할 수 있는 힘
말이에요. 그 여정에서 소중한 힘을 찾아 여러분을 빛내길 바랍니다. 소녀 바
리가 당당한 주체로 거듭날 수 있던 것처럼 여러분 역시 충분히 해낼 수 있으
니까요.

고전 〈세경본풀이〉 농사의 신이 된 자청비 이야기

자청비는 위 물통으로 들어가고 문 도령은 아래 물통으로 들어가, 자
청비가 가만히 문 도령 거동을 보니, 문 도령이 위아래로 홀딱 벗어 두고
물에 뛰어들어서 동쪽으로 나오면 서쪽으로 들고, 서쪽으로 나오면 동쪽
으로 들어가며 참방참방 목욕을 하고 있으니, 자청비는 윗도리만 벗어서
씻는 척 마는 척 물소리만 내다가, 버드나무 이파리를 끊어 글을 쓰되,

"눈치도 없는 문 도령아, 멍청한 문 도령아, 삼 년 동안 한 이불 속 잠
을 자도 눈치 모르는 문 도령아."

글 석 자를 써서 아래 물통으로 띄워 두고, 윗옷을 입고 쉬지 않고 아버님에게 달려간다.

이 작품은 제주도의 서사 무가인 〈세경본풀이〉로, 농사를 주관하는 신인 '세경'의 내력을 풀이한다는 뜻입니다. 〈가믄장아기〉처럼 제주도에서 전승되며, 주인공 자청비의 고난과 성취를 잘 보여 주지요.

잠시 줄거리를 볼까요? 늦도록 자식이 없던 김진국 대감 부부는 부처님께 빌어 자청비라는 딸을 얻습니다. 자청비는 열다섯 살이 되던 어느 날, 하늘나라에서 내려온 문 도령을 만나 첫눈에 반합니다. 그래서 남장(男裝)을 한 뒤 그를 따라가지요.

둘은 삼 년 동안 함께 글공부를 합니다. 하지만 문 도령은 자청비가 여자임을 눈치채지 못했지요. 그러던 어느 날, 하늘나라에서

편지가 옵니다. 색시가 있으니, 서둘러 장가가라는 아버지의 편지였고, 문 도령은 이곳을 떠나려 합니다. 그러자 자청비는 자신이 여자임을 밝히며, 서로 사랑을 나누지요. 문 도령은 증표를 건네고 하늘나라로 올라갑니다.

집으로 돌아온 자청비는 하인 정수남에게 속아 겁탈당할 위기를 맞지만, 겨우 위기에서 벗어납니다. 하지만 일 잘하는 일꾼을 죽였다는 이유로 집에서 쫓겨나지요. 그녀는 다시 남장을 한 뒤 서천꽃밭 꽃 감관*의 사위가 되어 환생 꽃을 얻고 정수남을 살려 냅니다. 그러나 부모는 딸이 사람을 죽였다 살린다며 자청비를 다시 쫓아냅니다.

길가를 방황하던 자청비는 마고할미에게 몸을 의지합니다. 그녀는 문 도령과 우연한 기회에 재회하지만, 사소한 오해 때문에 헤어지는데요. 사랑하는 이를 떠나보내지 않겠다고 마음먹은 자청비는 도령을 찾아 하늘나라로 나섭니다. 그리고 며느리 대결에서 승리해 문 도령과 결혼하지요.

"너는 이 가운데 무슨 꽃이 제일 좋으냐?"
"저는 목화가 가장 고와 좋습니다."

* **꽃 감관** 꽃밭을 관리하는 신.

"어찌하여 목화가 곱다는 것이냐?"

"아이고, 아버님아! 인간 세상 백성들이 옷을 만들어 입는 꽃이 목화 아닙니까? 그러니 곱고 고운 꽃 중의 꽃이지요."

그제야 문선왕*은 고개를 끄덕였다.

"설운 아기야. 너는 세경신으로 들어설 운명이로구나. 이제 너를 며느리로 받아들이마. 어서 가서 문 도령하고 살림을 차려라. 칼 선 다리를 다시 타고 지금 곧 내려가거라."

이후로도 다양한 일이 펼쳐집니다. 문 도령은 자신을 질투한 사람들에게 죽임을 당하지만, 자청비는 환생 꽃으로 남편을 살려 내고, 하늘나라의 반란을 평정합니다. 그리고 옥황상제로부터 여러 씨앗을 얻어 지상으로 내려오지요. 그리하여 문 도령은 농사를 주관하는 하늘의 신인 상세경, 자청비는 땅의 신인 중세경, 정수남은 목축의 신인 하세경이 됩니다.

이 작품을 통해 우리는 여성에 대한 당시 사회적 인식을 알 수 있습니다. 늦도록 자식이 없던 김진국 부부는 부처님께 쌀 백 근을 시주하면 아들을 얻는다는 말을 듣습니다. 부부는 간절한 마음으로 부처님께 시주했지만, 백 근에서 딱 한 근이 부족했기에 아들이 아닌 딸을 낳았다고 하지요. 이는 남성에 비해 여성을 열등한 존재

---

* **문선왕** 문 도령의 아버지. 하늘 옥황.

로 여겼던 당시의 인식을 보여 줍니다. 또한 자청비가 글공부를 떠나겠다고 할 때도, 부모는 "여자가 무슨 공부를 하느냐?"며 반대하는 모습을 보입니다. 자청비의 간청 끝에 부모는 겨우 허락하는데요. 여성의 교육과 사회 진출이 제한되어 있던 당시의 모습도 알 수 있습니다.

작품에서 자청비는 문 도령에게 반한 뒤 그를 좇아갑니다. 남장을 하면서까지 그를 따라 길을 나선 것이죠. 여성이 스스로 사랑을 선택하고, 적극적으로 움직이는 모습은 당시 현실을 고려할 때 이례적입니다. 또한 자청비는 집에서 쫓겨나고, 오해 때문에 이별하고, 수많은 고난을 겪어도 포기하지 않습니다. 하늘나라에서는 며느리 대결을 펼치며 사랑을 결국 '쟁취'하지요. 바리데기나 가믄장아기처럼 고난을 씩씩하게 극복하며 농사의 신으로 자리매김한 자청비의 모습이 빛나 보입니다.

농사의 신이 여성인 건 세계적으로 보편적인 현상입니다. 여성의 출산과 농사에서의 결실은 일치하는 점이 있지요. 그리고 농사에는 땅과 하늘이 필요합니다. 땅에 심은 씨앗을 키우는 건 햇볕과 바람, 비이니까요. 또한 마소를 이용한 노동력도 필요하지요. 자청비와 문 도령, 정수남이 각각 지신(地神)과 천신(天神), 목축의 신이 된 이유를 알 수 있겠지요?

신 화 〈**아탈란타**〉 여성 영웅의 사랑과 모험

　헤라클레스, 오이디푸스, 아킬레우스, 테세우스…… 우리에게 익숙한 그리스 신화 영웅입니다. 모두 남성이에요. 일반적으로 신화 속 여성은 영웅을 돕거나, 혹은 영웅과 사랑에 빠지는 존재로 그려지는데요. 그렇기에 최초의 여성 영웅 아탈란타(Atalanta)는 더욱 빛나 보이지요.

　그녀는 아르카디아의 왕 이아소스의 외동딸이자 공주라는 고귀한 신분으로 태어납니다. 왕은 태어날 아이가 왕위를 이을 아들이라고 확신했지요. 하지만 기대와 달리 딸이 태어나자, 그는 아이를 내다 버립니다. 이를 불쌍하게 여긴 아르테미스 여신은 암곰 한 마리를 보내 젖을 먹여 주지요. 그리고 그곳을 지나던 사냥꾼이 아이를 발견해 데려다가 키웁니다.

　아탈란타는 용맹스런 전사로 씩씩하게 자랍니다. 그녀는 날렵한 몸놀림과 남자를 능가하는 힘, 뛰어난 달리기 실력을 지녔지요.

　칼리돈의 멧돼지 사냥은 그녀가 유명해진 계기입니다. 칼리돈의 왕은 신들에게 제물을 바치면서 아르테미스

여신을 깜빡했답니다. 화가 난 여신은 거대한 멧돼지를 풀어 칼리돈을 황폐하게 만들었고, 이에 수많은 영웅이 멧돼지 사냥을 나섰지요. 여기서 아탈란타는 첫 화살을 명중시킵니다.

이제 아탈란타의 명성은 높아집니다. 그러자 아버지는 딸에게 결혼할 것을 권합니다. 하지만 아탈란타는 이를 거부하는데, 결혼하면 저주 속에 불행하리라는 신의 계시가 있었기 때문이지요.

하지만 아버지의 계속된 재촉으로 아탈란타는 결혼을 약속합니다. 달리기 경주에서 자신을 이긴 상대와 하기로요. 하지만 경주에 진 자는 죽어야 했고, 수많은 남자가 도전하다가 목숨을 잃지요.

한편 그녀의 사촌 멜라니온은 달리기 심판을 보다가 그녀에게 반해 버립니다. 그는 경주에 참가하기로 결심하고, 아프로디테 여신에게 간절히 빕니다. 여신은 그에게 황금 사과 세 개를 건네는데요. 경기가 시작되고, 아탈란타가 멜라니온을 앞지르려 할 때마다 그는 황금 사과를 던졌습니다. 아탈란타는 사과를 줍느라 시간을 지체했고, 경주는 멜라니온의 승리로 끝납니다.

하지만 신의 계시로부터 벗어날 수는 없었지요. 멜라니온은 아프로디테에게 감사 제물을 충분히 바치지 않았고, 화가 난 아프로디테는 키벨레 여신의 분노를 유발해 둘을 사자로 변하게 만듭니다. 이들은 영원히 여신의 전차를 끌고 다니게 되었다고 합니다.

이 이야기는 〈바리데기〉와 유사한 점이 많습니다. 주인공은 공주라는 고귀한 신분으로 태어나지만, 딸이라는 이유로 버려집니다. 조력자의 도움으로 목숨을 구하고, 오랜 세월이 흘러 부모와 재회한 뒤 운명과 맞서지요. 그러나 결말에서 차이를 보이는데요. 바리데기는 병든 부모를 살리고 신이 되지만, 아탈란타는 신의 계시를 어기고 비극을 맞습니다. 동서양의 이야기를 이렇게 비교하며 읽는 것도 흥미롭지요?

미국의 도시 애틀랜타(Atlanta)는 아탈란타에서 이름을 따온 것입니다. 또한 많은 게임이나 소설, 애니메이션에서도 그녀의 이름을 딴 캐릭터를 만들었지요. 이는 영웅호걸다운 그녀의 용맹함을 닮고자 했던 것 아닐까요?

물음표로 따라가는 인문고전 18

바리데기 운명은 바꿀 수 있을까?

© 박진형 홍지혜, 2019

1판 1쇄 인쇄일 2019년 11월 20일 | **1판 1쇄 발행일** 2019년 11월 30일

글 박진형 | **그림** 홍지혜
펴낸이 권준구 | **펴낸곳** (주)지학사
본부장 황홍규 | **편집장** 박미영 | **팀장** 김은영 | **편집** 문지연 김솔지
디자인 디자인앨리스 | **제작** 김현정 이진형 강석준 | **마케팅** 송성만 손정빈 윤술옥 이승혜
등록 2010년 1월 29일(제313-2010-24호) | **주소** 서울시 마포구 신촌로6길 5
전화 02.330.5297 | **팩스** 02.3141.4488 | **이메일** arbolbooks@naver.com
ISBN 979-11-6204-073-7 44810
ISBN 979-11-85786-85-8 44810 (세트)
잘못된 책은 구입하신 곳에서 바꿔 드립니다.

이 도서의 국립중앙도서관 출판예정도서목록(CIP)은 서지정보유통지원시스템 홈페이지(http://seoji.nl.go.kr)와
국가자료종합목록 구축시스템(http://kolis-net.nl.go.kr)에서 이용하실 수 있습니다. (CIP제어번호 : CIP2019046355)

제조국 대한민국 사용연령 10세 이상
KC마크는 이 제품이 공통안전기준에 적합하였음을 의미합니다.

 지학사아르볼 아르볼은 '나무'를 뜻하는 스페인어. 어린이들의 마음에
담긴 씨앗을 알찬 열매로 맺게 하는 나무가 되겠습니다.

홈페이지 www.jihak.co.kr/arb/book | **포스트** post.naver.com/arbolbooks